賢治と
」を見る

渡部潤一

STARGAZING WITH MIYAZAWA KENJI

NHK出版

賢治と「星」を見る

装幀　坂川朱音
装画　花松あゆみ

本書を敬愛する宮沢賢治に捧ぐ

目次

第一章 賢治の生きた時代へ

第二章　教師、宮沢賢治の星空

第三章　賢治、大地に根ざす

第四章 ふたたび石に向きあう

第五章 そして、宇宙へ

※**編集部注**

宮沢賢治の作品についてはすべて『〔新〕校本　宮澤賢治全集』（筑摩書房）に拠った。ただし、原文の揺れ、もしくは誤りと考えられるものは（ママ）と示した。宮沢賢治作品以外の引用は旧字を新字に改めるとともに、出典は該当箇所に示した。二回目以降の引用については主題のみ掲載。ルビは編集部独自に施したものである。

旅のはじめに

旅に出ようと思う。

足を使って、どこかに行く旅ではない。宮沢賢治の残した作品の宇宙や星空に関する記述をたどり、そこから賢治という人物をたどる思索の旅である。

芸術作品には、その作り手のそれまでの生き方、興味関心、宗教観や世界観が反映されている。それらは受け手によってさまざまに見え隠れするものだ。作品は、作家の人生の経験から発せられる、叫びにも似た強い思いが昇華したものである。それだから、作品を深く読みこめば、その人を知ることができる。その作品の魅力に惹かれて、これまで多くの人がこうした思索の旅に出て、賢治に触れてきた。

私は改めて先人たちと同じことをしようとは思っていないし、そんなことをしようとしても非力な私には無理だろう。それは多くの賢治研究者に任せることにして、先人たちが読み解いてきた論考を参考にしながら、私なりに星や月といった天文学の素材を通して、賢治の作品に触れる旅をしてみたいと思っている。

たとえば、代表作である「銀河鉄道の夜」。天の川がよく見える田舎町に住む主人公は、銀河の祭りの夜、友人といっしょに天の川を下る鉄道に乗って、数々の不思議な体験をする。その物語の底流にあるのは彼の思想であることはもちろんだが、わき役あるいは物語の舞台となる宇宙の役割も大きい。そのうえ、登場する数々の星たちや星座に関する記述は、天文学者の目から見ても、かなり正確で、賢治の宇宙に関する知識が当時としては、半端なものではなかったことがわかる。

知識に裏づけされて書かれた作品は「銀河鉄道の夜」に限らない。「双子の星」「月夜のでんしんばしら」あるいは「東岩手火山」などの詩にも、星や月が登場して、一定の役割を果たしている。賢治は宗教や農業だけでなく、天文学にもかなり造詣が深かったことは確かである。彼の人生をたどりながら、彼がいかにしてこうした知識を得て、それをどのように表現してきたのか。それを考えることで、彼に触れてみたい。彼の作品に出会い、感動した天文学者として、読者といっしょに、星めぐりの夜汽車に乗って、彼に会いにいこう。

第一章

賢治の生きた時代へ

宮沢賢治をめぐる旅。そのはじまりとして、まず時間をさかのぼり、彼の生きた時代へ旅することから始めよう。

賢治が生まれたのは一八九六（明治二十九）年八月。生地は、現在の行政区分では岩手県花巻市（旧、稗貫（ひえぬき）郡里川口村）である。この頃の東北地方の人びとのおかれていた生活環境は、とても厳しいものだった。同年六月には二〇一一年の東日本大震災と同等の規模の「明治三陸地震津波」で二万人以上が命を落とし、続く八月には岩手・秋田県境の奥羽山脈を震源とする「陸羽地震」が起こり、彼の生家周辺の被害は大きかった。その後も冷害が続き、凶作で多くの農民が困窮をきわめていた。NHKの連続テレビ小説「おしん」で描かれた世界のように、家の貧しさと口減らしのため、幼くして奉公に出される子どもも多かった。

そんな貧しい人びとの姿を、幼い賢治は目撃していた。というのも、彼の生家は質・古着商だったからだ。生活に困った人たちが着物や家財、命をつなぐための大切な農具まで売りにくる姿を見て育ったのである。そして、多くの賢治研究者が指摘しているように、これが彼の人間形成や思想に強く影響した。代表作「銀河鉄道の夜」で主人公が語る有名な言葉、

きっとみんなのほんたうのさいはいをさがしに行く。

これこそが賢治の生涯を貫いた思想を端的に表現した言葉であるといっても過言ではないだろう。

石っこ賢さん

人びとの生活が困難な時代にあったとしても、そこに生きる子どもたちのキラキラした瞳の輝きは、いまも昔も変わらなかったはずだ。

賢治は、とりわけ好奇心旺盛な子どもであったという。野山を駆けまわり、石や昆虫を集めるのに夢中になった。いわゆる理科少年のだれもが一度は通る道だ。「石っこ賢さん」というあだ名がつけられていたほどである。

読者も、子どもの頃に何かに夢中になった経験が、ひとつやふたつはあるにちがいない。もちろん、時代によって夢中になる対象はちがってくる。明治から大正にかけては、科学の進歩がめざましく、電気などが急速に普及し、強烈な印象を人びとに与えていた。そのようすは、童話「月夜のでんしんばしら」などにも見てとれる。

賢治は、石集めから、植物採集、そして化石掘りに凝っていった。そうして、その興味の対象はやがて星にも向けられていったのだと思われる。

理科少年と星空

夜空を見上げれば、そこには満天の星。条件はそろっていたはずだ。私が毎晩田んぼのなかで夜空の星の観測をしていた一九七〇年代でさえ、夜の闇は深く、肉眼で見える星の数は今よりも格段に多かった。その輝きに吸いこまれるような不思議な心持ちになったものだ。賢治が夜空を見上げた一九〇〇年代初めにあっては、夜空を明るくしてしまう屋外照明もほとんどなく、星々はさらに明るくきらめいていたはずである。美しくも手の届かない場所にある空の宝石に心を奪われるのは、賢治の感性をもってすれば、当然のことだ。

また、賢治が中学二年生だった一九一〇年には、七十数年周期で地球に接近するハレー彗星が回帰している。このときのハレー彗星は、その尾が地球を通過するため、雄大な姿が見られただけでなく、尾に含まれる有毒ガスにより地上の生物が全滅するという噂も流れて大騒ぎになっていた。不思議なことに、のちの賢治の作品にハレー彗星にまつわる話は見あたらないが、理科少年の賢治がそんな騒ぎに興味をもたなかったはずはない。この時期、何かほかのことに気をとられていたのかもしれない。

私が天文学者をめざす決意をしたきっかけとなったのは、小学六年生の一九七二年十月に日本じゅうを期待させた「ジャコビニ流星群」大出現の予測だった。担任の先生に頼みこんで、夜の校庭で理科好きの少年たち数人で星空観測会を開かせてもらい、まんじりともせずに流星群の出現を待ったが、予測された時刻になっても、流れ星ひとつ流れなかった。がっかりすると同時に、天文学者の予測がはずれたことで、まだ解明されていないことがあるこの学問にロマンを感じた。それが私に、天文学者になるという志を立てさせたのである。

思春期の理科好き少年たちの心をとらえた宇宙のロマン。賢治の心にもハレー彗星が大きな尾を引き、その作品の根底にひそんでいると思いたいが、その証拠はない。

では、その頃の賢治のようすはどうだったのだろうか？　弟の宮沢清六は次のように回想している。

夕方から屋根に登ったきりでいつまで経っても下りて来ないようなことが多くなって来ました。丸いボール紙で作られた星座図を兄はこの頃見ていたものですが、それはまっ黒い天空にいっぱいの白い星座が印刷されていて、ぐるぐる廻せばその晩の星の位置がわかるようになっているものでした。

（『兄のトランク』収載「虫と星と」宮沢清六　ちくま文庫）

星に興味をもった理科少年は、知識を、そして最先端の情報を求めていくことになるのである。

中学生の賢治が見上げた星

星に興味を抱いた賢治が、天文に関する知識をどのようにして得ていったのか、その初期の頃についてはあまり明らかではないようだ。科学的興味よりも、むしろなんらかの思いを純粋に星に投影していた可能性が強いと私は想像している。

賢治が旧制盛岡中学に入学し、寄宿舎に入ったのが一九〇九（明治四十二）年、十三歳の頃だ。週末には泊まりがけで鉱物採集のために山に分けいったり、翌一九一〇年には、教師引率のもと、岩手山に登ったりしている。

山の透明な空気に包まれて眺める星空は圧倒的に美しく、理科少年を魅了したはずだ。しかし、星が賢治を惹きつけたのは、その美しさばかりではなかったのではないかと私は考えている。それは、「孤独」との出会いである。なにしろ小学校を卒業したばかりの年齢である。親元を離れての寄宿舎生活は、思春期の賢治に精神的な影響を与えたはずだからだ。

かくいう私も、親の転勤によって、まったく友人のいない中学校に入学することになって、大変ショックであったことをおぼえている。泣きながら、夜空を見上げたおぼえがある。それはおそらく、私が初めて体験した「孤独」だったのだと思う。賢治も、新しい生活に胸おどらせるいっぽうで、夜空を見上げて寂しい思いを癒やしていたのではないか。もちろん、これはあくまで私の経験にもとづく推測にすぎない。だが、その寂しさをさらに深めてしまう事件が、彼には起きている。

寄宿舎生活は、新しい友人ができやすく、その後も長きにわたる友となる可能性が高い。私も大学時代は学生寮で暮らしたが、同室だった友人とはいまでもつきあいがある。賢治もまた、鉱物採集を通じて、寄宿舎で同室になった一学年上の藤原健次郎と親しくなった。藤原とともに南昌山（なんしょうざん）（岩手県紫波郡矢巾町と岩手郡雫石町との境にある）と呼ばれる標高八四八メートルの山に登っては、そこで水晶や「のろぎ石」とよばれるチョークのように軟らかな石を拾いあつめていた。藤原家には、賢治から健次郎に宛てた手紙が残されており、その内容から、賢治が健次郎を兄のように慕っていたようすがうかがえる。

だが、この健次郎が、一九一〇（明治四十三）年九月に腸チフスで急逝してしまうのである。

わずか十四歳で趣味を同じくする友人の死に直面した賢治の思いはいかばかりであったろうか。夜空を見上げて亡き友に思いを馳せていた可能性はないだろうか。その思いが、賢治をして星を見上げさせ、そして、その経験がやがて生まれる名作「銀河鉄道の夜」につながったとする研究者もいるほどだ。*

余談だが、一九九二年に発見された、太陽を周回するふたつの小惑星のひとつに「藤原健次郎」、もうひとつに「矢巾・南昌山」という名前が提案され、フランスに本部のある国際天文学連合（IAU）の承認を得て、正式に命名されたことがニュースになった。すでにある「宮沢賢治」と名づけられた小惑星とともに、南昌山で星を見た賢治と健次郎、その三者が宇宙にそろったことは、天文ファンの多くが賢治に影響を受けていることの証しともいえるだろう。

賢治はやがて、少年時代から培（つちか）っていった天文知識をその感性に融合させて作品にしていく。

*『童話「銀河鉄道の夜」の舞台は矢巾・南昌山——宮沢賢治直筆ノート新発見』（松本隆　ツーワンライフ）

詩歌への目覚め

鉱物や星への興味を募らせるいっぽう、中学時代には同郷で十歳年上の歌人石川啄木の影響もあって、文学や歌にも目覚めていた。最初に彼の短歌に星が詠みこまれたのは十五歳の頃である。岩手山麓で行われた秋の鉄砲演習を詠（うた）ったものだ。

鉄砲が
つめたくなりて
みなみぞら
あまりにしげく
星　流れたり

流星の多くなる秋の夜、金属製の鉄砲の銃身がひんやり冷たくなり、夜露に濡れながら夜空を見上げるようすが目に浮かぶ。

一九一四（大正三）年、盛岡中学校を卒業した賢治は、その後、いくつかの精神的な〝転機〟を迎える。そのひとつは失恋だ。肥厚性鼻炎(ひこうせいびえん)を患(わずら)って岩手病院に入院したのは卒業直後の十八歳のときだった。そこで出会った看護師に恋をするが、結局はみのらなかった。もうひとつは、上級学校に進学後の人間関係である。盛岡高等農林学校(現、岩手大学農学部)に進学し、学生寮で同室となった保阪嘉内(ほさかかない)と意気投合し、一九一七(大正六)年には文芸同人誌「アザリア」を創刊する。その結びつきは強く、研究者によっては、同性愛的な親しさを感じていたのではないかという説もある。*しかし、その思いは互いに別の方向に向きはじめ、やがて賢治と嘉内は決別してしまう。それが、中学時代の友人藤原健次郎の死とともに賢治にとって大きな転機となったことを疑う余地はない。精神的な転機が訪れるたびに星を見上げていた賢治の姿のイメージが私の脳裏に浮かぶ。

*たとえば『宮沢賢治の青春――〝ただ一人の友〟保阪嘉内をめぐって』(菅原千恵子　角川文庫)。

文学と天文

賢治が友人を失った悲しみや、みのることのなかった初恋などを経験し、これらがのちに「銀河鉄道の夜」に結実する基盤となったことは多くの人が認めるところである。

ただ、それだけでは星の文学にはならない。もともと賢治には表現に対する強い意欲があったが、それを文学の面で刺激したのは石川啄木の存在であり、同好の友の存在である。そして天文の面で理科少年賢治を刺激したのが、自身が見上げた満天の星であった。

そしてこの、文学と天文ふたつの側面で、賢治がいっそう刺激を受けることになるのは、二十代前半、東京の大学に在学中だった妹が病気になり、その看病のために上京したときのことである。彼は萩原朔太郎の詩集『月に吠える』に出会い、深く感銘を受けた。そして天文への興味がさらに深まったのもやはり上京がきっかけであった。このときか、あるいはのちに家族に無断で上京して、宗教団体である「国柱会」の門をたたいたときだったかは明確ではないが、星に関する最新の知識を得て、刺激を受けたのである。賢治の主治医でもあった佐藤隆房の文章*には、東京から帰ってきた賢治が花城小学校の先生を訪ねてきたおり、ひとしきり星の話をした翌朝、星座早見をプレゼントしにふたたび訪れたことが記されている。賢治がこれを東京で手に入れたことはまちがいない。

この時代、岩手の田舎で得られる知識、それも日進月歩であった天文学に関する知識や情報は限られていた。東京で最新知識に触れたことが、賢治の知的好奇心を刺激し、星の文学の土台になったはずだ。

賢治が上京したときに手にしたのは星座早見だけではなかった。宇宙や星に関する最新知識を紹介した本も大きな影響を与えた。ただ、大正時代に出版された一般向けの天文書は多くはない。賢治が帰郷して花城小学校の先生にプレゼントした星座早見は特定できる。というのも、この時代に発売されていたものとしては、小倉伸吉の『誰にも必要な星の図』(一九一三年　現代之科学社・裳華房)や『改訂　星の図』(一九二五年　大鐙閣)などがあるものの、ぐるぐるまわる盤の重ね合わせによる星座早見は、日本天文学会編・三省堂発行のものしかなかったからである。

さすがに本のほうは一冊だけということはなかったが、数えられる程度のものである。明治時代にも、科学や哲学全般のなかで天文学の解説がされている本は存在したが、単行本としては、東京天文台に勤めていた一戸直蔵による著作群『月』(一九〇九年)、『星』(一九一〇年　いずれも裳華房)や翻訳書がわずかにあるのみだった。

それでも大正時代に入ると、少し幅が広がっていった。たとえば京都帝大(現、京都大学)に勤務し、日本で初めて天文愛好家の組織を立ち上げた山本一清による著作群『星座の親しみ』(一九二一年)、『星空の観察』『遊星とりどり』(一九二二年)、『火星の研究』(一九二四年)、『宇宙開拓史講話』(一九二五年　以上すべて警醒社)、キリスト教の布教で有名な吉田源治郎牧師の『肉眼に見える星の研究』(一九二二年　警醒社)、東京天文台の関口鯉吉による著作群『太陽』(一九二五年)、『天体』(一九二六年　いずれも岩波書店)、同じく東京天文台の神田茂による『彗星』(一九

二四年 古今書院)。そして真に天文学書といえるかどうかわからない内容だが、古川龍城の著作群『星夜の巡礼』(一九二三年 表現社)、『星のローマンス』(一九二四年 新光社)、『天文学と人生』(一九二四年 想泉閣)、昭和になってから名作を著すことになる野尻抱影の初期の著作群『三つ星の頃』(一九二四年)、『星座巡礼』(一九二五年 いずれも研究社)で、ほとんど尽きている。

これらの著作のうち、賢治が手に取ったものはどれなのか。じつは、その答えは賢治の作品にあらわれる星の表現に隠されていた。

＊『新版 宮沢賢治——素顔のわが友』(冨山房)

さそりの赤い眼

宮沢賢治の作品に初めて触れたとき、すでに天文ファンであった私が違和感をおぼえたのは、さそり座についての表現であった。

さそり座は夏、南の地平線付近の空に、大きなS字カーブを描きだす雄大な星座である。さそりの心臓にあたる中心部分には一等星アンタレスが赤く輝いている。しかし、賢治は、このアンタレスをしばしば「さそりの眼」としていくつかの作品に登場させている。だれもが聞いたことがあるであろう「星めぐりの歌」の冒頭は、「あかいめだまの　さそり」だし、童話「双子の星」のなかでは、次のように描かれている。

　みなみのそらの、赤眼のさそり
　毒ある鈎（かぎ）と　大きなはさみを
　知らない者は　阿呆鳥（あほうどり）。

心象スケッチ「春と修羅　第二集」のなかの「三六六　鉱染とネクタイ」という詩にもある。

　蠍（さそり）の赤眼が南中し
　くわがたむしがうなって行って
　房や星雲の附属した

さらに、「シグナルとシグナレス」には、

ガタンコガタンコ、シユウフツフツ、
　さそりの赤眼が　見えたころ、
　四時から今朝も　やつて来た。

と、SLの走る音とともにさそり座が朝の四時頃にあらわれる秋から冬という季節を暗示させながら、やはり赤い眼として描きだしている。

これらの賢治のアンタレス観は、それが心臓に見える私にはどうにも不思議であった。じつは、前述した書物のなかに、一冊だけ同じ表現を使っている本がある。それは吉田源治郎の『肉眼に見える星の研究』である。さそり座の解説のなかで、

眼玉として赤爛々(らんらん)たるアンタレスが輝くなど実に偶然とは思へない程、巧みな星の配置であります。

と書かれている。このことは、すでに賢治研究の先人である科学ジャーナリストの草下英明の著書『宮澤賢治と星』（學藝書林）によって指摘されている。

草下は、アンタレスの解説以外にも、吉田の本が賢治作品に強い影響を与えたことをこ

の著書のなかで検証している。たとえば「銀河鉄道の夜」に登場する二重星アルビレオを「トパース」と「サファイア」とあらわしていることなどにも、吉田の本の影響がうかがえるのだ(これについては五章で詳しく見ていきたい)。総合的に見れば、賢治が吉田の本を手にして、星の知識を得ていたことは否定しない。

ただ、賢治が「星めぐりの歌」を含む「双子の星」を執筆したのは『肉眼に見える星の研究』が刊行された一九二二年より四年もまえの一九一八年だということがわかっている。賢治は代表作「銀河鉄道の夜」をはじめ、作品をつくりあげてから何度も書き直すことが多かったので、一九一八年の作品についても、吉田の本を読んでから修正した可能性もあるだろう。しかし、最新の天文学の知識を得て、それを新たな要素として書きいれるならまだしも、文学的な表現まで参照文献をもとに書き換えることは考えにくい。

もしそれが、賢治が吉田の本を読む以前に、自らの感覚によって発想したものだとすると、アンタレスを赤い眼にたとえた表現は、いったいどのようにして生まれたのであろうか。

星に見つめられて

私を納得させただいじな考察は、賢治が星を眼にたとえている例が、さそり座のアンタレスだけではないということだった。初期に詠われた短歌には「西ぞらの黄金の一つ目」として宵の明星である金星が、さらに「うしろよりわれをにらむ青きもの」として全天で最も明るいおおいぬ座の一等星シリウスが詠みこまれている。これらはみな夜空のなかではとくに明るい星ばかりである。

私自身も、毎晩深夜まで星空観測をしていた中学時代の夏休み、部屋の南向きの窓から見える光り輝く木星が自分を見つめているような気がして、眠れなくなったおぼえがある。自分の内面を見つめはじめた思春期の頃の心理に、星の光がもたらした不思議な感覚だった。

賢治も輝く星に自分を見つめる視線を感じていたのではないか。『肉眼に見える星の研究』と賢治の作品について、三年にわたって詳細に研究した元奥羽大学の大沢正善は、賢治が星を眼と表現する理由について、「一個の星を『眼』と見る傾向が注目されるが、それはまた、当時の賢治の内閉的な孤独感を暗示するのかもしれない」としている。*

星に関する最新の知識を得た賢治は、それらを作品のなかでいきいきと輝かせた。

私の個人的経験からも、漆黒の闇に浮かぶ光り輝く星を見ている自分が、じつは人知を超えた何か（それを神と表現してもよいかもしれない）から、逆に見つめられているような感覚になることがあるのは、よくわかる。自分自身の存在や、自分が生きている意味は何かといった、哲学的な思いにふけるようなとき、それはしばしば太陽の光に満ちた昼ではなく、皆が寝静まった夜のことが多い。そして、夜の空には星がまたたいているのである。その星の光を見つめながら、自分自身について考えこむのである。

賢治も、同じような状況で星を見つめていたのではないか。そんなとき彼の心に去来するのは、幼少期から見てきた、飢饉のために実家の質店に通う貧しい農家の人たちの姿だったのかもしれない。そういった貧しい人たちのため、あるいは社会のために何ができるのか、夜空を見上げて真剣に考える賢治の姿を私は思い浮かべるのである。

*「宮沢賢治と吉田源治郎『肉眼に見える星の研究』」(奥羽大学歯学誌 第16巻 第4号 184-201ページ)

賢治の信じる心

青年期の賢治は、「ほんたうにみんなの幸(さいわい)のため」に自分自身が進むべき道として、法華経、そしてその教えを広めつつあった宗教団体「国柱会」へと傾倒していく。これには賢治の実家が、法華経とは系統の異なる宗派である浄土真宗への信仰が篤かったことが、いい意味でも悪い意味でも大きく影響していた。賢治の父は、自ら仏教会を主催し、賢治を連れていったりしていた。また賢治は、日常的に聞かされていた「正信偈」や「白骨の御文」を暗唱できてしまうほどであった。こうした家庭環境は、彼の宗教への理解の下地となっていただろう。

いっぽう、信仰とはまるで裏腹に見える、困窮した人びとを飯のたねにせざるをえない実家の質店という生業への反発は、賢治をして別の新しい信仰へ傾倒させていく要因となった。こうして、賢治は突然家出をする形で上京し、国柱会の門をたたくことになる。一九二一（大正十）年、賢治二十五歳のときである。

このような青年期の熱い志は、冷静に考えると、あまりに突飛すぎて、社会的な常識とはかけ離れてしまい、簡単には世間に受けいれられないことも多い。実際、国柱会の玄関で、賢治はいきなり、「どうか下足番でもビラ張りでも何でも致しますからこちらでお使ひ下さいますまいか」と頼みこんだ*。しかし、家出同然の青年をいきなり受けいれるはずもない。

賢治は最初から国柱会に住みこめると思いこんでいて、あまり持ち合わせもなかった。そこで、日本橋の書店に走り、予約してあった本の購入をキャンセルして、当座のお金を工面した。東京行きは、周到な計画のもとにとった行動ではなかったことがうかがえる。

こうして、一時路頭に迷うような境遇となった賢治。そんなとき、自分を見つめているような星たちの「瞳」を感じてはいなかっただろうか。

その後、東京帝大前の小さな印刷所での仕事を得た賢治は、志どおりに国柱会にも出入りするようになり、ここで自身の創作活動に大きな影響を与える人物に出会う。国柱会の高知尾智耀(たかちおちよう)である。彼は、法華文学という概念を考えており、賢治の文才を見抜いてのことか、ペンで信仰を広めるべく、文章を書くことを勧めたのである。この頃から賢治の創作活動は、短編童話や説話系の小説へと傾いていくことになる。「電車」「床屋」といった短編や、「かしはばやしの夜」などは、この時期に執筆されたものである。

だが、一年も経たないうちに、賢治は書きかけの原稿をトランクに詰めこんで、なんの未練もないかのように郷里に帰っている。最愛の妹であるトシが病気となったことが、直接のきっかけであった。しかし、これは表向きの理由であったようだ。賢治の死後数十年ののちに明らかになった賢治の手紙の分析から、もうひとつの理由が見えてきた。それは賢治の熱意を一気に冷ましてしまうような、事件といってもいいできごとであった。

＊『〔新〕校本 宮澤賢治全集 第十五巻 書簡 本文編』

親友、保阪嘉内

賢治には「同じ道を歩もう」と約束をした友がいた。先に紹介した盛岡高等農林学校の学生寮で同室だった保阪嘉内（一八九六－一九三七）である。

彼は、山梨の出身で、甲府中学校（現、甲府第一高等学校）を卒業後に盛岡高等農林学校に進んだ。演劇、文芸や宗教などにも造詣が深く、たちまち賢治と意気投合した。学内で文芸同人誌「アザリア」を賢治といっしょに創刊し、夜ごとにさまざまなことを語りあう仲になった。賢治は、彼こそ「みなの幸いを実現するために」ともに行動を起こしてくれる人物だ、と思うようになっていった。もちろん嘉内も、当時はそう思っていたのかもしれない。

だが、その後の環境の変化は、彼らの思いをそのまま保つには激しすぎた。いや、二十歳前後の青年のことだ。意気投合したとしても、その意気がそれぞれに時とともに変化してしまうのは当然といえば当然かもしれない。

嘉内は、彼の筆になる「アザリア」五号の「社会と自分」という文章が学校当局から危険思想だとみなされ、除籍処分となってしまう。このことが嘉内にとっても賢治にとっても人生の分かれ道となった。賢治は嘉内を、あくまで同志であると思いつづけた。そして、上京した賢治が熱望したのが、嘉内も同じく山梨から出てきていっしょに国柱会に入ってくれることだった。賢治から嘉内に宛てた手紙は七十通を超えている。そのなかには「私が友保阪嘉内、私が友保阪嘉内、我を棄てるな」(『宮沢賢治の青春』)というフレーズさえあらわれる。

だが、嘉内の答えはノーであった。こうして失恋に似た精神的打撃を賢治は受けた。上京して半年、すでに季節は夏になっていた。国柱会から門前払いをくらい、町中をさまよった頃とは異なる夏の星たちが、ふたたびさまよえる賢治を見つめていたのである。

傷心

除籍処分を受けた保阪嘉内は、郷里の山梨に帰らざるをえなくなった。そして、郷里で時を過ごすうちに、自らの人生を見つめ直していく。相変わらず旧弊な村落から出てみたいと願うのは若さゆえであるにしても、長男として、それを実行できない自分にあせってもいた。賢治と手紙を交わした期間は三年あまりにわたる。青年期の三年は長い。日記には、これまで否定しつづけてきた家、とくに父に対しても、その生き方を次第に認めるようになっていったことが記されている。

賢治が上京し、三年前と同じ熱意で国柱会への入会を勧めてきたとき、すでに嘉内の心は変わっていた。このあたりの嘉内の心の変遷を正確にたどることはできないが、むしろ、賢治の熱心な勧誘が、宗教者として生きていくことを拒否する引き金になったともいえる。賢治研究者の菅原千恵子は、『宮沢賢治の青春』のなかで、「求められ異体同心と言われれば言われるほどそれに応えきれない苦しさが大きな負担となってのしかかってきていたのではないのか。」と述べている。夏のある日、賢治は嘉内と実際に会い、嘉内の心を知って精神的に手ひどく打ちのめされたのである。

確かに、おとなになっていくにつれて、子ども時代の友人たちとの関係が、それまでの関係と同じではなくなっていくような変化に直面し、それを受けとめざるをえないときの戸惑いや寂しさを感じたことはだれしもあるにちがいない。私自身も似た経験がある。まえにも触れたが、私は小学校から中学校へと進学するときに、福島県の会津から浜通りのいわき市へ引っ越した。友人がひとりもいない寂しさのなか、新しい友人もなかなかできず、会津の友だちがとても恋しく思えた。一年半後、ふたたび父の転勤を機に、会津の同じ中学校区に帰ることになった。喜び勇んで、幼なじみの友人たちのいる学校に転校したが、彼らは少しおとなになり、小学校時代のイメージとはちがっていて、逆に寂しさが増したように感じた。転校のたびに、寂しさを紛らわすために夜空に輝く星たちを見上げていた自分の気持ちを賢治の思いに重ねてみるが、彼の友人、とくに嘉内への思い入れは、人生をともにしようとさえ考えるほどのレベルだったので、その心の傷の大きさは私が感じた寂しさの比ではなかっただろう。

いずれにしろ、こうした賢治の精神的遍歴を考えると、はるか遠くにありながら、常に自分の上に輝く星に視線を感じていたのは自然なことだったのかもしれない。

帰郷

無二の親友である保阪嘉内との東京でのわずかな時間の再会は、賢治を失意のどん底にたたき落とした。賢治の側から見れば、いわば裏切られた形となったわけだ。

そのショックの大きさは、じつは嘉内にとっても同じだった。宗教者として同じ道を歩いていくことはできない、と賢治に告げるのに、相当に逡巡した形跡がある。それだけではない。嘉内は、まめに日記を書いていたのだが、賢治と再会した七月の末から年末まで、まったく日記が書けなかったほどである。

賢治は、その胸の内をぶつけるところもないまま、夏の東京の夜空を見上げていたのではなかったか。いつもは丁寧な手紙を書く賢治が原稿の裏に乱暴な字で書いた手紙が、同じ信仰をもつ親戚に宛てて送られている。*1

このまま宗教者の道をひとりで歩いていくべきか。東京にとどまるべきか。そう思い悩む日々が過ぎるうちに、一九二一（大正十）年の夏が過ぎ、秋の風が東京に吹くようになる頃のことだった。賢治に、思いがけないニュースが飛びこむ。妹、トシの病気である。トシは二十歳前後頃から体調を崩しがちで、日本女子大学校*2在学時代にも入院をしたことがあったが、その後帰省して、母校である花巻高等女学校の教諭心得となっていた。しかし、春頃からまた体調が優れず、六月には寝込んでしまい、九月に入って喀血したのだった。

賢治はトシ病気の知らせを受けて実家に戻った。そもそも家出した身である。父親とも宗教的な考え方のちがいをそのままに、無断で東京に出てきたプライドもあったはずだ。失意にうちのめされたからといって、おめおめと実家に帰ることはできなかっただろう。そこへ妹の病気の報である。もちろん、仲のよい妹のことだから、そのままにしてはおけなかったが、賢治にとっては、無理やりに門をたたいた国柱会を辞し、故郷に帰る格好の口実となったとみてよいだろう。トシはその後まもなく退職した。

こうして、故郷に帰った賢治は、その年の十二月に稗貫郡立稗貫農学校の教師となって、それまで思い描いていたものとは別の道を歩みだす。賢治はふたたび故郷、岩手の星空を眺めることになるのである。

＊1 『〔新〕校本 宮澤賢治全集 第十五巻 書簡 本文篇』
＊2 現、日本女子大学。トシは一九一五年に家政学部予科に入学。

第二章

教師、宮沢賢治の星空

農学校の教師という仕事の経験は、賢治の人生のなかで、大きなステップとなった。教育者として生徒を導いていく立場になって、それまでむしろ自己の内面を見つめることに重きを置き、周囲に働きかけるようなことをしてこなかった賢治自身が積極的に他者と関わるようになっていったと考えられるからだ。

長く学校で歌いつがれるようになった「精神歌」をはじめ、いろいろな歌をつくって生徒に歌わせてみたり、前向きでじつにユニークな指導方法を実践したりしている。

農学校時代の教師としての賢治の実像を、当時の生徒に綿密な取材を行って浮かびあがらせたのが、畑山博の『教師　宮沢賢治のしごと』（小学館）である。賢治のきわめてユニークな授業の一端が代数、英語、土壌学、肥料学などの科目で再現されている。さらには、校外学習での各種の実習のようすもいきいきと描写されている。

詳細は省くが、賢治はそれぞれの知識を伝授するときにも、既存の教科書などに頼ることなく、ユーモアを交えて、巧みなアナロジーを用いてわかりやすく紹介する術に長けていた。農家の子息には学問など必要ないというこの時代の雰囲気のなかで、農業の生産性向上という大切なノウハウだけでなく、ものの見方や考え方、音楽や演劇などの芸術も積極的に取りいれることで、精神的な育成を含めた人格形成をめざしていたと考えられる。

畑山が本の取材をした当時、すでに八十歳を越えていた賢治の教え子たちが、当時をいきいきと思いだすこと自体、賢治の授業のおもしろさ、そして影響力の強さを物語っているといえるだろう。

このような教育姿勢のなかで、賢治はなんと授業中に自分がつくった童話などの作品を生徒に読み聞かせることもあったという。作品を他者に披露することは、逆に賢治自身をおおいに刺激したはずだ。作品は聞く人、読む人があってこそ育つものだ。読み聞かせを通して、自分の作品を育てていたのである。こうして、いよいよ代表的な作品が生みだされていく。

月夜のでんしんばしら

この頃に書かれた、星や月があらわれる作品のひとつが「月夜のでんしんばしら」である。『注文の多い料理店』に収録された一編だ。

主人公の少年、恭一が、鉄道線路の横を歩いていると、突然、その線路に沿って並び立っていた電信柱が、「ドツテテドツテテ、ドツテテド」というリズミカルな歌とともにいっせいに行進を始めるという童話だ。

　九日の月がそらにかゝつてゐました。

とあるので、上弦を過ぎた月夜である。この月は夜半には沈むので、少年が夜歩くのであれば夜半前であるはずだ、という私たちの常識とも一致する。うろこ雲が空いっぱいにひろがる月明かりのなかを一万五千もの電信柱が歩くようすが描かれている。さまざまな形態の電信柱が軍歌を歌いながら行進し、少年を横目で見ながら通りすぎていく。やがて少年は、電信柱の兵隊たちに号令をかける電気総長に出会う。電気総長は、イギリスとスコットランドのあいだで交わされた英語の電文を披露する。そうこうするうちに汽車がやってきて、総長があわてて行軍をやめさせたので、あたりはふたたびふだんどおりの電信柱の立ちならぶ風景に戻るという話である。

　私は、この作品に強い印象を抱いたおぼえがある。私が幼い頃に住んでいた家は、会津若松駅のすぐ南側だった。電信柱の列こそなかったが、駅周辺には高い鉄塔があって、夜でも明るい照明がついていた。そして、それが堂々と歩きだしそうな気がしたことを思いだしたからだ。夜、その鉄塔が同じ場所にあるかどうか、こわごわ部屋のカーテンを開けて見た記憶がよみがえった。

　この童話は、賢治の興味と時代背景がミックスされてできあがった作品といえる。かつて理科少年であった賢治は、電信柱に象徴される電気、通信、そして汽車などにも強い興味を抱いていた。童話のフィールドとして、線路わきを選んだのは、その興味にもとづいているのではないか。当時、地方にも電気が急速に普及していった影響も大きいだろう。さらに電信柱を兵隊の行進に見立てたのには、日露戦争から第一次世界大戦を経て、日本軍が連勝しており、国民のなかにも、その高揚感があったという時代背景も無視できない。

また、この作品に後年の「銀河鉄道の夜」の物語パターンを読みとることができることにも注目したい。現実から入り、夢のような体験を経て、ふたたび現実に戻るという賢治の物語の基本パターンが、すでにこの作品で採用されているのである。

東岩手火山

農学校の教師時代に書かれた作品には、「東岩手火山」という詩もある。この作品は、一九二三(大正十二)年に「心象スケッチ外輪山」という題で岩手毎日新聞に発表され、その後、『春と修羅』に収められて出版されたものだ。生徒たちといっしょに岩手山に登り、夜明けまえの外輪山に到着したときの情景を描いた二百行を超える長大な詩で、まず月の表現から始まる。

月は水銀、後夜の喪主

冒頭にあらわれる月の色の表現に注目したい。この登山は新聞掲載の前年の一九二二（大正十一）年九月十七日夕方から翌十八日早朝にかけて実施されたとされている。この日付が正しければ、十八日朝の月齢はほぼ二十六なので、かなり細い月が午前一時三十分頃に上ってきたはずだ。この時期は平地ではまだ暖かさが残る季節なので、地平線に近い月は黄色みがかって見えることが多いのだが、水銀のように金属的な色ということは、白く輝いていたと考えられる。おそらく、岩手山の清涼な大気を反映していたにちがいない。ちなみに、「後夜」とは、一日を六つに分けたときの言い方（晨朝、日中、日没、初夜、中夜、後夜）で、夜の最後、つまり夜半過ぎあたりから夜明けにかけての時間帯を示す言葉である。

このような細い月の場合、欠けて暗くなっている部分がほのかに輝いて見えることが多い。これは地球にあたって反射した太陽光が月の暗い部分を照らしだしているもので、「地球照（アースシャイン）」と呼ばれるが、賢治は、すでにその言葉をものにしていて、詩の中程に、

月の半分は赤銅（しゃくどう）　地球照（アースシャイン）

と、ふりがなをつけて表現している。これは前述の『肉眼に見える星の研究』で学んだと考えられている。ちなみに地球照が赤銅色に見えることはない。月の明るい部分が水銀のようだったので、対比として表現したか、あるいはそのように思えたのだろう。
月だけでなく、星や星座についての表現もたくさん出てくる。

さうさう、北はこつちです
北斗七星は
いま山の下の方に落ちてゐますが
北斗星はあれです
それは小熊座といふ
あの七つの中なのです

この表現のまえに、賢治が生徒に時刻を聞く場面があり、その答えは三時四十分だった。

その時刻の北斗七星を計算してみると、ちょうど北北東から上ってくる位置にある。柄の部分はまだ低いので、山の端にかかっていて見えないのだろう。杓の椀の部分は二十度ほどの高さになっているが、北斗星（北極星）はそれより高い位置にあるので、それを含む、こぐま座の七つの星でつくる小柄杓は見えているようだ。この時刻にはかなり高く上っているであろうオリオン座も、何度も登場する。たとえば、

オリオン、金牛、もろもろの星座
澄み切り澄みわたつて
瞬きさへもすくなく
わたくしの額の上にかがやき
さうだ、オリオンの右肩から
ほんたうに鋼青の壮麗が
ふるえて私にやつて来る

オリオン座と、その右上に見えるおうし座は、いまにも取っ組み合うかのような形で星座絵に描かれるが、「金牛」とはそのおうし座である。「瞬きさへもすくなく」とあるので、

ほとんど風もなく、星のまたたきがない絶好の条件だったにちがいない。

オリオン座の星座絵としての右肩（地上から見ると左側になるのだが）には赤色の一等星ベテルギウスが輝いている。この右肩から「ほんたうに鋼青の壮麗が」やってくるという表現は、きわめてユニークだ。「鋼青」という表現は、賢治は空に対してよく使っている。一般に賢治の造語とされているが、『宮澤賢治と星』によれば英語の steel blue の訳であるという。

青みを帯びた鋼色（はがねいろ）という意味なのだろうが、私は夜明け前の夜空が次第に青みを帯びた昼の色に変化していくときの表現として、とても納得した。天文学的には、まだじゅうぶん星の観察ができる暗さの天文薄明から、明るい一等星しか見えなくなる常用薄明にいたるこのわずかな時間帯、漆黒の夜が次第に明るくなるとき、地平線近くは赤みを帯びて朝焼けになるが、空のもっと高い部分はやや青みを帯びながら明るくなっていくのである。ひと晩じゅう星を眺めた末に、夜明けを迎えたことのある人なら理解できるにちがいない。

この詩からは、賢治が生徒とのやりとりで星座を教えるのを楽しみながら、自らもその素晴らしい星空を味わっていたことがわかる。当時は、光害など皆無であったはずだし、天の川もはっきり見えていたはずだ。

火口丘の上には天の川の小さな爆発

この時刻には、北西にはくちょう座が沈み、そこからカシオペヤ座にかけての秋の天の川が見えていたはずで、それがこの表現につながっているのだろう。
こうしているうちに、山頂をめざす時刻がやってくる。本格的な夜明けになると、星は消え、月の存在感も失われる。この詩の最後は、その情景を賢治らしい表現で締めくくっている。

そして今度は月が褪(ちぢ)まる。

※なお、この詩全体の解釈・解説は中央大学文学部名誉教授の渡部芳紀の論文「評釈『東岩手火山』(宮沢賢治)」に詳しい。

かしはばやしの夜

夜間登山のリアルな夜の風景のなかでの生徒たちとのやりとりを描いた長編の詩「東岩

手火山」は、月に始まり、月で終わっている。同様にわき役でありながら、月が、変化する色や光り方で時間の経過を表現する重要な役どころとなって登場する童話が、「かしはばやしの夜」である。妙な絵描き（原文：画かき）とともに、柏の林に入りこんで、不思議な体験をするこの話は、現実からひょいと夢の世界に入り、そして最後に現実に戻るという、賢治の創作物語独特のパターンに沿っているだけでなく、賢治自身の星や宇宙への思いや体験の片鱗が見え隠れする作品だ。

冒頭、主人公の清作が絵描きと出会い、あいさつをするところでは、

「えつ、今晩は。よいお晩でございます。えつ。お空はこれから銀のきな粉でまぶされます。ごめんなさい。」

と、「銀のきな粉」という表現で満天の星を表現する。そして、柏の林に入りこんだはいいが、招かれざる客とされた清作は柏の木大王と口論を始める。月が登場するのはその最中、絵描きが仲裁に入るシーンからである。

「おいおい、喧嘩（けんか）はよせ。まん円（まる）い大将に笑はれるぞ。」

見ると東のとつぷりとした青い山脈の上に、大きなやさしい桃いろの月がのぼつたのでした。お月さまのちかくはうすい緑いろになつて、柏の若い木はみな、まるで飛びあがるやうに両手をそつちへ出して叫びました。
「おつきさん、おつきさん、おつつきさん、
ついお見外れして　すみません
あんまりおなりが　ちがふので
ついお見外れして　すみません。」

賢治は「桃いろ」の月の光に独特の力を与えている。やがて、柏の木大王も歌いだすのだが、そこに描かれる月の色は、最初に「ときいろ」、そしてやがて「みづいろ」になる。これは月の出直後には夕日と同じように赤みを帯びている月が、高度が高くなるにつれて次第に赤みを失っていくようすである。

その後も物語が進むにつれ、要所要所に月が登場する。その記述はぜんぶでじつに十三回。月の光は、「ぱつと青く」なったり、「なんだか白つぽく」なったり、「青くすきとほ」ったり、「すこし緑いろに」なったり、ふたたび「青くすきとほつてそこらは湖の底のやうに」なったり、「真珠のやうに」なったりしていく。物語の最後には、「月はもう青白

い霧にかくされてしまつてぼおつと円く見えるだけ」となる。

ひと晩じゅう、星空のもとで過ごした人には経験があると思うが、実際、夜明けまえには大気が冷えて霧が出ることがある。そんな夜明けまえの霧に、月も星も隠されるさまを賢治はよく知っていたのだと思わせるラストである。

賢治はこの作品全体の物語のリズムを、多様に変化する月の光にのせて整えようとしていたのである。

烏（からす）の北斗七星

教師時代の作品のひとつに、賢治にしてはめずらしく軍隊を取りあげた童話がある。「烏の北斗七星」である。この作品は、烏の群れを軍隊に、その鳴き声を大砲になぞらえたり、義勇艦隊や駆逐艦など戦争にまつわる用語が多く、軍隊の訓練や敵の山烏の殺戮（さつりく）シーンもあるためか、戦後になって作品集『注文の多い料理店』から全文が削除されたことがある。さらにいえば、賢治作品の特徴である現実から夢の世界へ、そしてふたたび現実に戻るというパターンからもはずれており、現実を超越した幻想世界を最初から最後まで貫きとおしている。

ただ、その幻想世界からさらに高次元の幻想世界へと入りこむ部分があることがわかる。鳥の軍隊が営舎へ戻って、深夜になる下記のシーンだ。

雲がすつかり消えて、新らしく灼かれた鋼の空に、つめたいつめたい光がみなぎり、小さな星がいくつか聯合(れんごう)して爆発をやり、水車の心棒がキイキイ云ひます。たうたう薄い鋼の空に、ピチリと裂罅(ひび)がはいつて、まつ二つに開き、その裂け目から、あやしい長い腕がたくさんぶら下つて、鳥を握(つか)んで空の天井の向ふ側へ持つて行かうとします。鳥の義勇艦隊はもう総掛りです。みんな急いで黒い股引をはいて一生けん命宙をかけめぐります。兄貴の鳥も弟をかばふ暇がなく、恋人同志もたびたびひどくぶつつかり合ひます。

いや、ちがひました。

さうぢやありません。

月が出たのです。青いひしげた二十日の月が、東の山から泣いて登つてきたのです。そこで鳥の軍隊はもうすつかり安心してしまひました。

恒星は天球に張りついているという概念が、人びとのなかでまだ現実味をもっている時代であるかのように、この天球の裂け目から烏たちを向こう側へ連れ去ろうとする「あやしい長い腕」と、それに抗う烏たちの描写は、まるでギリシャ神話の世界のようだ。物語全体の幻想世界を超越した高次元世界といえるだろう。それがふたたび通常の幻想世界へと戻るきっかけに月の出が使われている。月齢二十ほどの月であれば、下弦に近いため、月の出は確かに深夜となる。

だが、この部分が物語全体のなかでどんな意味をもつのかは、一読しただけでは汲みとれない。この場面のまえに烏の大尉が許嫁との別れを示唆する挿話があり、戦わねばならない者が戦場で死に向きあうときの感情を表現しているともいえるが、童話としては難解な物語ではある。

この作品に登場する、もうひとつの天体が題名にもある北斗七星である。北斗七星は仏教においては北辰（北極星）信仰や妙見信仰とあいまってあがめられていた星座であり、道教思想では死をつかさどる神の象徴でもあった。ちなみに生をつかさどる神の象徴は南斗六星（いて座の一部）である。賢治は、その考え方をこの物語に投影させたのではないだろうか。ふたたび高次元の幻想世界に入りこむところで烏の大尉は、自らの死を予感し、祈りの対象としての北斗七星があらわれる。

「おれはあした戦死するのだ。」大尉は呟やきながら、許嫁のゐる杜の方にあたまを曲げました。

その昆布のやうな黒いなめらかな梢の中では、あの若い声のいゝ砲艦が、次から次といろいろな夢を見てゐるのでした。

烏の大尉とたゞ二人、ばたばた羽をならし、たびたび顔を見合せながら、青黒い夜の空を、どこまでもどこまでものぼつて行きました。もうマヂエル様と呼ぶ烏の北斗七星が、大きく近くなつて、その一つの星のなかに生えてゐる青じろい苹果の木さへ、ありありと見えるころ、どうしたわけか二人とも、急にはねが石のやうにこわばつて、まつさかさまに落ちかゝりました。

マヂエルというのは、そのなかに北斗七星をふくむおおぐま座「Ursa Major」の後半の読みであるとされている。また、この作品自体が雪原の烏（白い雪の上の黒い烏）と天上の北斗七星（黒い夜空の輝く星）とを対峙させたものだという論考*もある。確かに冒頭、雪原の烏を望遠鏡でのぞくシーンがあることからも、その対比を賢治自身が意識していた可能性は大きい。

その後、作品は山烏の殺戮、その遺骸を手厚く葬ろうとするときの思いの吐露につながっていき、そして、皆の幸せを求める賢治の精神そのものが、次のように映しだされる。

(あゝ、マヂエル様、どうか憎むことのできない敵を殺さないでいゝやうに早くこの世界がなりますやうに、そのためならば、わたくしのからだなどは、何べん引き裂かれてもかまひません。)マヂエルの星が、ちやうど来てゐるあたりの青ぞらから、青いひかりがうらうらと湧きました。

ふたつの世界大戦のあいだに書かれたという時代背景もあろうが、この作品には賢治の思いがこめられている。実際、続く太平洋戦争において、特攻隊員として沖縄で命を落とした東大の経済学部生、佐々木八郎の手記では、「烏の北斗七星」について触れられている。

しかし僕の気持はもっとヒューマニスチックなもの、宮沢賢治の烏と同じようなものなのだ。憎まないでいいものを憎みたくない、そんな気持なのだ。

(『新版 きけわだつみのこえ――日本戦没学生の手記』日本戦没学生記念会 光文社)

星を生と死、そして永遠の時間、あるいは超越したものとして投射しつづけた賢治の思いは、とくに学徒動員されるような人たちには重く伝わっていたにちがいない。

*「天上の雪原と地上の夜空に散りばめられた星々——宮沢賢治『烏の北斗七星』小考」(中井悠加 論叢 国語教育学 復刊第3号 1-13ページ)

シグナルとシグナレス

「シグナルとシグナレス」は、一九二三(大正十二)年の五月十一日から二十三日まで岩手毎日新聞に掲載された短編童話である。さそり座のアンタレスが赤い眼として描かれているのはすでに触れたとおりだ。

前半のクライマックスは、ともに信号機だけれど身分のちがうシグナルとシグナレスが、結婚の約束をとり交わすところだろう。ここでも星が重要な役割を果たしている。シグナルは「春になつたら燕(つばめ)にたのんで、みんなにも知らせて結婚の式をあげませう。」と言う。以下、シグナレスとの会話である。

『だつてあたしはこんなつまらないんですわ』

『わかつてますよ、僕にはそのつまらないところが尊(たつと)いんです。』

すると、さあ、シグナレスはあらんかぎりの勇気を出して云ひ出しました。

『でもあなたは金(かね)でできてるでせう。新式でせう。赤青めがねも二組まで持つてゐらつしやるわ、夜も電燈でせう、あたしは夜だつてランプですわ、めがねもただ一つきりそれに木ですわ。』

『わかつてますよ。だから僕はすきなんです』


そしてシグナルは、星をプレゼントする。


『約婚指環(エンゲージリング)をあげますよ、そらねあすこの四つならんだ青い星ね』『えゝ』

『あの一番下の脚もとに小さな環が見えるでせう、環状星雲(フィッシュマウスネビュラ)ですよ。あの光の環ね、あれを受け取つて下さい、僕のまごころです』

『えゝ。ありがたう、いただきますわ』


「四つならんだ青い星」というのは、天文ファンならご存じの、こと座の主要な部分だ。

そして、その近くにあるM57環状星雲を登場させているのである。賢治は「環状星雲」に英語の通称リングネビュラではなく、「フィッシュマウスネピュラ」（魚口星雲）というふりがなをあてている。別の作品「土神ときつね」でも、「それから環状星雲（リングネビュラ）といふのもあります。魚の口の形ですから魚口星雲（フィッシュマウスネビュラ）とも云ひますね」と書きあらわしているので、あえて環状星雲にフィッシュマウスネピュラとふりがなを振ったと考えられる。

　さまざまな反対や障害を乗りこえて、物語の後半に、ふたりは夢の宇宙に飛びたつ。ふたりを夢の世界に導くのは倉庫の屋根のかけ声だ。

『（前略）いゝか、おれのあとをついて二人一しよに真似をするんだぜ』
『えゝ』
『さうか。ではアルフアー』
『アルフアー』
『ビーター』『ビーター』
『ガムマア』『ガムマーアー』
『デルタア』『デールータアーアアア』

実に不思議です。いつかシグナルとシグナレスとの二人はまつ黒な夜の中に肩をならべて立つてゐました。

倉庫の屋根のかけ声は、星の名前のあとにつけられているバイエル符号だ。それぞれの星座を構成する恒星の明るい順にギリシャ文字のアルファベットであるα（アルファ）、β（ベータ）、γ（ガンマ）、δ（デルタ）をあてはめたもので、その由来は、ドイツの法律家でアマチュア天文家だったヨハン・バイエルが制作した『ウラノメトリア』（一六〇三年）星表に記されたことによる。星の名を合図に宇宙へ飛びたつ。賢治もそのような夢を見たのかもしれない。

雪渡り

教師時代に雑誌に掲載された作品に「雪渡り」がある。

一九二一（大正十）年十二月および翌年一月の「愛国婦人」という雑誌で、原稿料五円を手にしたという。賢治らしい幻想的な作品のひとつで、人間の子どもたちと子狐（こぎつね）たちの交流が狐の幻燈会を軸に展開されている。まずは賢治の地元にも伝わる雪の表現で始まる。

雪がすっかり凍って大理石よりも堅くなり、空も冷たい滑らかな青い石の板で出来てゐるらしいのです。

「堅雪かんこ、しみ雪しんこ。」

お日様がまっ白に燃えて百合の匂を撒きちらし又雪をぎらぎら照らしました。

木なんかみんなザラメを掛けたやうに霜でぴかぴかしてゐます。

「堅雪かんこ、凍み雪しんこ。」

凍った雪が大理石よりもかたくなることはないものの、地上の雪を白い大理石、青い空を「青い石」と表現するところは、「石っこ賢さん」の本領である。そして、何度も「堅雪かんこ、凍み雪しんこ。」がくり返される。これは昔から賢治の故郷で歌われていたわらべ歌で、雪がかたくなったようすをあらわしている。

雪国生活の経験がある人なら、新雪はずぶずぶと足がもぐってしまい、とても歩きにくいが、しばらくしてかたまると歩きやすくなることを知っているだろう。

四郎とかん子の兄妹は、そのかた雪の上を歩いて森の近くまでやってきたところで、子狐と出会う。そうして子狐と子どもたちのやりとりが始まる。狐が人をだますなどぬれぎぬだと主張する子狐は子どもたちを十五夜の幻燈会に誘う。

　青白い大きな十五夜のお月様がしづかに氷の上山から登りました。
　雪はチカチカ青く光り、そして今日も寒水石のやうに堅く凍りました。

ここでもかたい雪を石にたとえている。寒水石とは、茨城県で採取されるもので、変成によって、白色から緑灰色の縞模様になっている大理石の一種である。そして、

「今夜は美しい天気です。お月様はまるで真珠のお皿です。お星さまは野原の露がキラキラ固まったやうです。さて只今から幻燈会をやります。みなさんは瞬やくしゃみをしないで目をまんまろに開いて見てゐて下さい。（後略）」

という子狐の開会のあいさつがあり、幻燈会が始まる。映しだされたのはおとなたちの醜態だ。四郎もかん子も狐を信用しはじめ、兄妹は出されたものをおいしく食べ、子狐たちも信用してもらえたことで嬉しくなる。

「ひるはカンカン日のひかり

よるはツンツン月あかり、
たとへからだを、さかれても
狐の生徒はうそ云ふな。」
キック、キックトントン、キックキックトントン。
「ひるはカンカン日のひかり
よるはツンツン月あかり
たとへこゞえて倒れても
狐の生徒はぬすまない。」
キックキックトントン、キックキックトントン。
「ひるはカンカン日のひかり
よるはツンツン月あかり
たとへからだがちぎれても
狐の生徒はそねまない。」

どんなときでも嘘（うそ）はつかず、盗まず、そねまないという歌を歌って喜ぶようすが描写される。最後に述べられる子狐の閉会の言葉が、

「(前略) 今夜みなさんは深く心に留めなければならないことがあります。それは狐のこしらえたものを賢いすこしも酔はない人間のお子さんが喰べて下すったといふ事です。そこでみなさんはこれからも、大人になってもうそをつかず人をそねまず私共狐の今迄の悪い評判をすっかり無くしてしまふだらうと思ひます。閉会の辞です。」

である。狐とわらべ歌から着想を得て創作されたこの作品は、賢治作品独特の現実世界から幻想世界への飛躍がない、めずらしい物語でもある。人間のおとなたちの嘘を明かして、狐と人間の子どもが信頼関係で結ばれるという物語は、自己犠牲や皆の幸せを前面に出すことの多い賢治作品のなかではインパクトは大きくはないかもしれないが、子どもの純粋さを描きだしていて、だれもが素直になれるような物語だ。

この作品は、賢治が教師になった月に発表されているので、執筆そのものは教師になるまえの東京時代、つまり国柱会にいるときに書かれたと考えられる。国柱会の教えを文章で広めたいと思っていたこと、また当時、「書いたものを売ろうとしている」旨の手紙を親戚に送っていたことからも、自ら編集部に持ちこんだことがうかがえる。

そして、持ちこみ先にこそ、賢治の心があらわれていると私は思う。というのも、「愛国婦人」は、賢治の母親が会員であった愛国婦人会が発行していた雑誌だからだ。故郷を離れ、国柱会に飛びこんだのはいいが、それは家族に断りなしのことだった。そうはいっても、自分が活躍している姿を見てほしい、と思ったのではないだろうか。事情があって、その後、故郷に帰らざるをえなくなるものの、そういった姿を見せる場として、母親が目にするであろう「愛国婦人」を選んだところに、賢治の気持ちが垣間見えるのである。

賢治は発表された作品を切り抜いて、それを推敲していたことが知られている。あくまで作品をよくしようという賢治の精神のあらわれだろう。そんな努力を怠ることなく続けていた賢治だったが、残念なことにこれだけの作品を生みだしながら、生前原稿料を手にした作品は、これだけだったという。

水仙月の四日

「水仙月の四日」は、賢治の生前に刊行された『注文の多い料理店』に収められたもので、これも賢治が教師として生徒と接しながら、活発に執筆を始めた頃の作品である。

水仙月の四日というのが、いつのことなのかは議論があるが、一般に、水仙が咲くのは寒さの残る晩冬、春の訪れをかすかに予感させるくらいの時季だろう。このあたりで水仙が咲くのは四月頃だ。四月といっても東北では春はまだ浅く、しばしば吹雪もあるくらいだから、水仙月が四月を指すのだとしても不自然ではないと思う。

この短編のストーリーは比較的単純である。手下の「雪狼(ゆきおいの)」を従えた「雪童子(ゆきわらす)」が仕事で雪を降らせようとしているところに、家路へと急ぐ「赤い毛布(けっと)」をかぶった子どもが通りかかる。その冒頭で、賢治らしい星の表現があらわれる。

「カシオピイア、
もう水仙が咲き出すぞ
おまへのガラスの水車(みずぐるま)
きつきとまはせ。」雪童子はまつ青なそらを見あげて見えない星に叫びました。
(中略)
「アンドロメダ、
あぜみの花がもう咲くぞ、
おまへのラムプのアルコホル、
しゆうしゆと噴かせ。」

雪童子は、風のやうに象の形の丘にのぼりました。

いうまでもなく、秋の星座であるカシオペヤ座とアンドロメダ座である。青空に隠れて、春には見えない星座を登場させるのがひとつのポイントだろう。「ガラスの水車」というのが何かわからないのだが、一説には天球をガラスに見立てて、カシオペヤ座が北極星のまわりを日周運動によって回転するようすを水車に見立てたともいわれている。アンドロメダの「ランプ」は、アンドロメダ座にある大銀河M31のことにちがいない。夜空の暗いところでなら、アンドロメダ大銀河は肉眼でぼやっと見ることができるが、輪郭がはっきりしないようすは確かにランプの炎のようだ。

雪童子が、その子どもに宿り木の枝を投げて、からかって遊んでいると、ほかの雪童子を連れて、雪嵐の親玉である「雪婆んご」がやってきて、天候を急変させる。その命令に従い、雪童子も雪を降らせながらも、人間の子どもを気遣う。投げた宿り木の枝を持っていてくれたことが嬉しかったのだ。雪童子は、雪婆んごの目を盗んで、動けなくなった子どもに毛布代わりにわざと雪を積もらせていく。雪婆んごが東へ去ると、天候も回復する。その直後の表現にも注目したい。

野はらも丘もほつとしたやうになつて、雪は青じろくひかりました。空もいつかすつかり霽(は)れて、桔梗(ききょう)いろの天球には、いちめんの星座がまたたきました。

「桔梗いろの天球」というのは格別の表現だと思う。そして、残された雪童子たちが会話を交わすシーン。


「さつきこどもがひとり死んだな。」

「大丈夫だよ。眠つてるんだ。あしたあすこへぼくしるしをつけておくから。」

「ああ、もう帰らう。夜明けまでに向ふへ行かなくちや。」

「まあいゝだらう。ぼくね、どうしてもわからない。あいつはカシオペーアの三つ星だらう。みんな青い火なんだらう。それなのに、どうして火がよく燃えれば、雪をよこすんだらう。」

「それはね、電気菓子とおなじだよ。そら、ぐるぐるぐるまはつてゐるだらう。ザラメがみんな、ふわふわのお菓子になるねえ、だから火がよく燃えればいゝんだよ。」

この部分の星の表現はかなり不思議である。カシオペヤ座は五つ星で、ふつうに考えれば三つ星ではないからだ。もしかすると五つの星のうち、真ん中の三つを回転するものと見立てて、冒頭の「水車」としているのだろうか。このあたりのことについては『天文学者とめぐる宮沢賢治の宇宙』（谷口義明／渡部潤一／畑英利　丸善出版）にも考察があるので参照していただきたい。それはともかく、火が燃えて雪をよこすという発想が、綿菓子（「電気菓子」）をつくることとのアナロジーで語られているのはおもしろい。

物語の最後の舞台は、朝日が昇った雪景色。まえの晩、雪に埋まった子どものところへ行き、その子どもを起こすのだ。


「さあ、ここらの雪をちらしておくれ。」

雪狼どもは、たちまち後足で、そこらの雪をけたてました。風がそれをけむりのやうに飛ばしました。

かんじきをはき毛皮を着た人が、村の方から急いでやつてきました。

「もういゝよ」。雪童子は子供の赤い毛布のはじが、ちらつと雪から出たのをみて叫びました。

「お父さんが来たよ。もう眼をおさまし。」雪わらすはうしろの丘にかけあがつて一本の雪けむりをたてながら叫びました。子どもはちらつとうごいたやうでした。そして毛皮の人は一生けん命走つてきました。

こうしてハッピーエンドを示唆したまま、いささか唐突に物語は終わっている。この物語は、天といっても宇宙ではなく、気象現象を擬人化し、地との関係を紡いだ物語だ。吹雪や風といった自然現象を擬人化して意思をもたせるのは、童話の基本ともいえるが、賢治がこの物語をつくった背景には少し深い訳もありそうだ。

この時代には、猛吹雪に埋まって命を落とす人も少なくなかった。現代でさえまだニュースになることもあるほどだが、当時は交通手段も限られ、天気予報の方法もそれほど確立していなかった。私の故郷である会津地方は山国であり、雪も深く、とくにこうした例はあとを絶たない。奥会津には駒止峠（こまどとうげ）といううつづら折りの難所がある（現在はバイパスが整備されている）が、一八八一（明治十四）年に職務でここを越えようとした巡査が、一九二三（大正十二）年には物資を運んでいた郵便逓送隊員が殉職し、昭和になっても犠牲者が出た。ここではいまでも毎年慰霊祭が行われている。映画や小説になった八甲田山雪中行軍遭難事件は、一九〇二（明治三十五）年のことだ。賢治も、そういった悲惨な遭難事故を聞いた可能性は高い。皆の幸せを追求する賢治は、せめて物語のなかだけでも、そして子どもだけでも救ってやりたいと思ったのかもしれない。

よだかの星

星が登場する代表的作品のひとつが「よだかの星」である。この物語は短いうえに高次元の幻想世界への飛躍もなく、ストーリーとしても単純である。弱い者への、あるいは外見への差別という教訓的な内容を含んでいるので、賢治童話の代表作として取りあげられる頻度は高く、かつては国語の教科書にも採用されたこともあるので、お読みになった方も多いだろう。

よだかは、実にみにくい鳥です。

というフレーズで始まる物語は、すぐに外見の醜悪さからほかの鳥たちに嫌われているようすへとつながり、さらに名前に鷹（たか）がついていることが許せないというほんものの鷹から、名前を「市蔵」にせよ、と改名を強要される。よだかは絶望しながら、夜に飛びまわる虫を食べている自分にも嫌気がさして、ついに遠くへ行って死ぬことを決意する。

また一疋(いっぴき)の甲虫(かぶとむし)が、夜だかののどに、はいりました。そしてまるでよだかの咽(の)喉(ど)をひっかいてばたばたしました。よだかはそれを無理にのみこんでしまひましたが、その時、急に胸がどきっとして、夜だかは大声をあげて泣き出しました。泣きながらぐるぐるぐるぐる空をめぐったのです。

(あゝ、かぶとむしや、たくさんの羽虫が、毎晩僕に殺される。そしてそのたゞ一つの僕がこんどは鷹に殺される。それがこんなにつらいのだ。あゝ、つらい、つらい。僕はもう虫をたべないで餓(う)えて死なう。いやその前にもう鷹が僕を殺すだらう。いや、その前に、僕は遠くの遠くの空の向ふに行ってしまはう。)

これと似たエピソードが、「銀河鉄道の夜」にもあるが、この表現には、生きるために命をいただくという行為、そしてその連鎖のなかにいる自分の存在に耐えられずに自己犠牲的な考えをもつ賢治独特の感情がにじみ出ている。

まず、よだかが向かった先は太陽であった。太陽へ向かって飛べば焼け死ぬると思ったのである。しかし、そうはいかなかった。太陽はよだかに、

「お前はよだかだな。なるほど、ずゐぶんつらからう。今度そらを飛んで、星にさうたのんでごらん。お前はひるの鳥ではないのだからな。」

と言って、突きはなす。次によだかは夜空の星々を訪ねる。最初に訪ねたのは西に沈みかけたオリオン座である。しかし、オリオン座は何も答えない。今度は、少し南のおおいぬ座のシリウスに向かう。しかし、シリウスは冷たく答える。

大犬は青や紫や黄やうつくしくせわしくまたゝきながら云ひました。「馬鹿を云ふな。おまへなんか一体どんなものだい。たかゞ鳥ぢゃないか。おまへのはねでこゝまで来るには、億年兆年億兆年だ。」

ここでシリウスの輝きを「青や紫や黄やうつくしくせわしくまたゝきながら」と表現していることに注目してほしい。明るい星が低空で激しくまたたくとき、しばしば色が瞬間的に見えることがある。天体望遠鏡で拡大すると、まさに七色の輝きが消えたり見えたりして美しい。賢治も実際、そんなシリウスのまたたきを見ていたにちがいない。

シリウスに冷たくされたよだかは、さらに北の空をめざす。北の空には北斗七星（作中では大熊星）が上っている。しかし、答えは同じだった。

　大熊星はしづかに云ひました。
「余計なことを考へるものではない。少し頭をひやして来なさい。そう云ふときは、氷山の浮いてゐる海の中へ飛び込むか、近くに海がなかったら、氷をうかべたコップの水の中へ飛び込むのが一等だ。」

そしてもう一度力をふりしぼって、東から上ってきた夏の星座のわし座のアルタイルに助けを乞う。しかし、地獄の沙汰も金次第というような答えが返ってくる。

　鷲（わし）は大風（おおふう）に云ひました。
「いゝや、とてもとても、話にも何にもならん。星になるには、それ相応の身分でなくちゃいかん。又よほど金もいるのだ。」

最後によだかはまっすぐに空へ上っていき、自ら光り輝く星となるのである。

そして自分のからだがいま燐(りん)の火のやうな青い美しい光になって、しづかに燃えてゐるのを見ました。

すぐとなりは、カシオピア座でした。天の川の青じろいひかりが、すぐうしろになってゐました。

そしてよだかの星は燃えつゞけました。いつまでもいつまでも燃えつゞけました。

今でもまだ燃えてゐます。

よだかの星のすぐとなりで輝いているという「カシオピア座」は、正式にはカシオペヤ座である。そのあたりにはほかに明るい星はないので、よだかの星は空想上の星といわれているが、十六世紀にこの星座にあらわれた超新星をイメージしているのではないか、という説もある*。

よだかが星座をめぐってひと晩じゅう飛びつづけた空は、実際の夜空とかなり一致している。仮にそれが四月の中旬だとすれば、二十二時頃、西に冬の星座であるオリオン座やおおいぬ座が沈み、北斗七星が天高く上がっており、また深夜を過ぎればわし座が上ってくる。明け方近くにはカシオペヤ座が北東に姿を見せる。

むろん、まっすぐに空へ上って行きつけるような場所ではないが、そんな正確さは童話にはいらないだろう。

この作品の結末はじつに悲しい。どこにも救いがない。この作品は賢治が東京から帰った年の少しあとに書かれたとされている。だれに助けを求めても救われない状況は、夢破れて故郷に帰ったものの、自分の居場所が見つからず、教師になっても、しばらくは悶々としていた賢治の心中そのものであったのかもしれない。


*『定本 宮澤賢治語彙辞典』(原子朗 筑摩書房)

永訣の朝

教師時代の賢治は、生徒と触れあうなかで、次第に生きがいを見いだしていくと同時に、さまざまな作品を生みだしていった。だが、そのいっぽうで、彼の精神状態に影を落とす事件が起きた。妹トシの死である。

賢治は長男で、弟と三人の妹がおり、ずいぶんと弟妹たちをかわいがっていたようだ。自作の童話を妹たちに読み聞かせていたことも知られている。とくに長女でもある妹トシは二歳ちがいで、学業成績も優秀、花巻高等女学校を首席で卒業し、総代として答辞を述べたほどである。東京の日本女子大学校に入学したが、途中でスペイン風邪から肺炎を起こし、さらには結核にかかっていたことがわかる。その後、帰郷。静養を余儀なくされていたが、もともと優秀な成績だったこともあり、見込み点で卒業が認められた。一九二〇（大正九）年秋には、母校、花巻高等女学校の教諭心得となって、英語と家事を教えはじめた。しかし、翌年九月に喀血し、退職せざるをえなくなった。妹の病状が悪化したことが、友人、保阪嘉内との意見の相違による決別という失意のなかで、さまよいはじめていた賢治を帰郷させるきっかけになったわけである。

　みぞれが降りはじめた一九二二（大正十一）年十一月二十七日、トシは賢治にみぞれをとってきてくれ、と頼んだ。それを食べて、さっぱりしたと喜んだという。その夜トシは亡くなった。賢治は押し入れに頭を突っこんでおいおいと泣いたという話が伝わっている。ひとしきり泣いたあと、賢治は自分の膝（ひざ）にトシの頭を乗せ、その乱れた黒髪を火箸で梳（す）いてやったという。

　帰郷して、不本意ながらも教師として歩みはじめた賢治にとって、わずか一年後の妹トシの死は、計り知れないショックだっただろう。そして、その悲しみを言葉に残し、「永訣の朝」や「無声慟哭（どうこく）」に結実させている。おそらく、死を受けいれるために、ほとばしる感情を言葉にでもしないかぎり、平常心を保てなかったのではないだろうか。「永訣の朝」は、こんなフレーズで始まる。

けふのうちに
とほくへいつてしまふわたくしのいもうとよ
みぞれがふつておもてはへんにあかるいのだ
（あめゆじゆとてちてけんじや）

「あめゆじゆとてちてけんじや」というのは、みぞれをとってきてください、という意味の方言である。賢治にしては直截すぎる言葉が、なおさら悲しみにくれる心をあらわしているように思える。そして、

銀河や太陽、気圏などとよばれたせかいの
そらからおちた雪のさいごのひとわんを……
…ふたきれのみかげせきざいに
みぞれはさびしくたまつてゐる

と、みぞれを天よりももっと上の世界からの贈り物と表現している。「無声慟哭」と併せて読むと、最愛の妹を亡くした賢治の悲しみがストレートに伝わってくる。

青森挽歌（ばんか）

賢治の深い悲しみは、その後も尾を引き、彼の生き方に影響を与えていくことになる。教師として、夢中で生徒と向きあっているときには、一時的に悲しみを忘れたこともあったかもしれない。しかし、自分の内面と向きあう時間が少しでもあると、その深い悲しみはかえって大きくなる。トシの死が、ふたたび賢治の心を大きく占める時間は、トシの死から半年以上も過ぎた頃、一九二三（大正十二）年七月にやってきた。それは青森から北海道を経て、樺太（からふと）までひとりで旅をしたときのことだった。旅の目的は、花巻農学校の教師として、生徒の就職を依頼することだった。樺太の王子製紙には賢治の知り合いがいたのだという。しかし、それはあくまで目的のひとつにすぎなかったのかもしれない。

だれでもそうだと思うが、日常生活を過ごしているときに比べると、非日常空間に身を置く、旅という行為は、たとえそれがパック旅行のように仕立てられたものであっても、しばしば自分自身をふり返ったり、自分の生活をふり返ったりするきっかけになる。しかも、飛行機でどこへでもひとっ飛びできるような時代ではなかった。汽車と船とを乗りついで、何日もかけて樺太まで行くという、ほんとうに時間がかかる旅路である。帰郷するのは半月後の八月十二日であった。時間があればあるほど、過ぎゆく風景のなかに、いまは亡き妹を思い、自分と別の道を進むことを選んだ友を思うことになる。それは旅の最中に生みだされたたくさんの詩にあらわされている。

そのひとつ、「青森挽歌」の出だしは、まるで「銀河鉄道の夜」の構想につながったのではないかとさえ思われるものだ。

こんなやみよののはらのなかをゆくときは
客車のまどはみんな水族館の窓になる
(乾いたでんしんばしらの列が
せはしく遷(うつ)つてゐるらしい
きしやは銀河系の玲瓏(れいろう)レンズ
巨(おお)きな水素のりんごのなかをかけてゐる)

そして、長大な詩の中核をなすのは、妹への思い、それを負いつづける自分への思いである。同じ旅行中に書かれた「オホーツク挽歌」や「噴火湾（ノクターン）」の一節にも賢治の気持ちは強くあらわれている。

海がこんなに青いのに
わたくしがまだとし子のことを考へてゐると
なぜおまへはそんなにひとりばかりの妹を
悼んでゐるかと遠いひとびとの表情が言ひ
またわたくしのなかでいふ

（「オホーツク挽歌」）

七月末のそのころに
思ひ余つたやうにとし子が言つた
《おらあど死んでもいゝはんて
あの林の中さ行ぐだい
うごいで熱は高ぐなつても
あの林の中でだらほんとに死んでもいいはんて》

（「噴火湾（ノクターン）」）

この旅行中に、賢治は「青森挽歌」だけでなく、この「オホーツク挽歌」「噴火湾（ノクターン）」をはじめ、「樺太鉄道」「鈴谷（すずや）平原」「津軽海峡」「駒ヶ岳」「旭川」そして「宗谷挽歌」といった膨大な数の鎮魂詩といってもよい作品群を残している。それらには風景のなかに感じた魂を探す賢治の叫びが刻まれている。そしてこの妹トシの魂を探す思索の旅は、やがてみごとなまでに自分自身への問いを見いだす旅に変化していく。すなわち自分自身はこのままでよいのか、という疑問を生んでいくのである。

冬と銀河ステーション

この旅の翌年、前述の鎮魂の詩を含めて、賢治が残した散文詩群は心象スケッチ『春と修羅』に集大成される。本書では、すでにそのなかからいくつかを紹介しているが、妹の死から一定の時を経たせいか、ストレートな鎮魂の思いは陰に隠れ、日常生活で触れるさまざまな自然や現象を文学的に深みのある言葉で表現した詩もつくられている。とくに注目すべきは、樺太まで旅をした年の年末に書かれたと思われる「冬と銀河ステーション」

であろう。この作品には「銀河鉄道の夜」に発展した可能性のある要素が組みこまれているからだ。

そらにはちりのやうに小鳥がとび
かげらふや青いギリシヤ文字は
せはしく野はらの雪に燃えます
パツセン大街道のひのきからは
凍つたしづくが燦々と降り
銀河ステーシヨンの遠方シグナルも
けさはまつ赤に澱んでゐます

この「ギリシヤ文字」は、「シグナルとシグナレス」にも出てきた、恒星につけられたあの「バイエル符号」のことである。天文ファンならまずおぼえるであろう、星座ごとに、そのなかの恒星の明るい順につける天文学独特のものだ。

この冬の銀河軽便鉄道は

幾重のあえかな氷をくぐり
（中略）
パッセン大街道のひのきから
しづくは燃えていちめんに降り
はねあがる青い枝や
紅玉やトパースまたいろいろのスペクトルや
もうまるで市場のやうな盛んな取引です

「銀河軽便鉄道」、そして「紅玉やトパース」といったフレーズも、まさに「銀河鉄道の夜」に発展していく言葉、そして発想である。

この心象スケッチ『春と修羅』は自費出版であったが、読売新聞紙上で、当時翻訳家などとして活躍した辻潤が賞賛したほか、草野心平の目にもとまった。しかし、こうした評価も当時はごく一部だけで、その後、賢治の文才が認められ、原稿依頼が殺到するようなことはなかった。『春と修羅』には、鎮魂の詩を出発点として、自らの内面を見つめ、自身に問いかけつつ、「銀河鉄道の夜」への構想を膨らませる賢治の、精神の旅の片鱗が見え隠れしているといえるだろう。

第三章

賢治、大地に根ざす

賢治自身が、自らの生き方に疑問を抱き、さいなまれる思いを表に出しはじめるのは、一九二五（大正十四）年頃のことである。この頃、賢治は近しい人に「教師を辞めようと思っている」という発言をするようになっていた。そして、真剣に農業に向きあおうとする。農学校の卒業生で、樺太の会社に就職した杉山芳松に宛てた一九二五年四月十三日付の手紙が残っている。その一節に、賢治の思いがにじみ出ている。

わたくしもいつまでも中ぶらりんの教師など生温いことをしてゐるわけに行きませんから多分は来春はやめてもう本統の百姓になります。そして小さな農民劇団を利害なしに創ったりしたいと思ふのです。

（『〔新〕校本　宮澤賢治全集　第十五巻　書簡　本文篇』）

もちろん、賢治は教師として農業を教えてきた。そして、農家の子息たちが、農業について学び、卒業していく姿を見送っていた。それなのに自分の役割に納得ができなかったのだろうか。そのような心境の変化はどこから生まれたのだろうか。賢治研究者の菅原千恵子は、次のように分析している。

宗教的な生き方を求めていた賢治にとって、農業はむしろひどく遠いものであった。しかし今、現実として農家の子息に教えることで農業はきわめて身近なものになっていったのだ。

（『宮沢賢治の青春』）

そして、そうした農家の子息たちのうち何人かは学費が払えず、退学せざるをえないという状況も賢治に追い打ちをかけたといえるだろう。自らが農業に従事しなくては。そんな思いが強くなっていったのではないだろうか。安定した教師という職を捨てることは、当時としては並大抵の決心ではない。だが、もともと自らが強く希望した職ではなかったし、そしてあの、人生をともにしようとしたほどの心の友であった保阪嘉内が故郷、山梨で農業に従事することになったことも少なからず影響したのだろう。

こうして、大地への思いを固めつつある頃、いっぽうで賢治の文学にとってもきわめて重要な出会いがあった。まずはその出会いについて見ていこう。

草野心平との出会い

私はあるとき、姫路に用事があって宿泊した。そのときたまたま目にした地方紙の記事で、姫路文学館で「宮沢賢治・詩と絵の宇宙―雨ニモマケズの心―」という特別展が開催されていることを知った。ホテルをチェックアウトしたあと、私は迷わずタクシーで文学館へ向かった。文学館の建物はモダンで立派な造りで、展示の目玉である「雨ニモマケズ手帳」や、『春と修羅』『注文の多い料理店』の初版本、そして水彩画「日輪と山」なども、落ち着いた雰囲気のなかでじっくりと眺めることができた。

もとより、こうした作品は宮沢賢治記念館でも見ていたが、このとき、私の興味を引いたのは、ある人に宛てた賢治の手紙であった。それは一九二五（大正十四）年のもので、ちょうど賢治が教師を辞める決心をしつつある頃に書かれたものだ。手紙の宛名は詩人の草野心平。後世、賢治の作品を世に送りだすのに大きく貢献した人物のひとりである。

ご存じの方も多いと思うが、草野心平は日本を代表する詩人のひとりで、賢治と同じ東北、福島県生まれである。中国の大学で学びながら詩作を始め、詩誌「銅鑼」を主宰し創刊したが、排日運動が起こったため帰国していた。心平は賢治に作品発表の舞台として「銅鑼」を提供し、その後も中原中也らと活動をともにするなど、職は転々としながらも、詩の世界で活躍を続けた。生涯を通して、自然をテーマにした詩が多く、とくに蛙（かえる）や富士山をよくモチーフにし、文末に句点を用いる独特なスタイルが有名である。自然、殊に山や宇宙を詩に取りあげるところから推察すると、賢治と共通した感性をもっていたといってよいだろう。だが、たとえば「天」を多く使っていることは、心平自身にはあまり自覚がなかったようである。詩集『天』のあとがきで、

私のいままで書いた作品の約七十パアセントに天がでてくる。或ひは空とか星雲とか天体のさまざまな現象などが。

と驚いているほどだ。『天』の収録作品のひとつ「夜の天」の一部を紹介してみたい。

天は。
螺鈿(らでん)の青ガラス。
しらくもの川は。金米糖の星星は。虹のやうないくつもの層をくぐれば。

この部分だけでも、賢治の世界観ときわめて近いことがわかる。

一九二六（大正十五）年には「詩神」掲載の評論のなかで、心平は「現在の日本詩壇に天

才がゐるとしたなら、私はその名誉ある『天才』は宮沢賢治だと言ひたい。世界の一流詩人に伍しても彼は断然異常な光りを放つてゐる」とほめたたえている。実際、賢治の作品が世に認められるようになったのも、のちの心平の尽力によるところが大きい。

ふたりがじかに会うことはなかったが、お互いを認めあい、ときには困窮した心平が賢治に米を送ってくれるよう求めるほどの仲になっていった（心平はどうも賢治が裕福だと思っていた節がある）。そして、賢治が心平の主宰する「銅鑼」に連載を始めたのは、教師を辞める決心をした頃と重なる。姫路で展示されていた心平に宛てた手紙の文面には、教師以外の道を模索し、自らのアイデンティティを探し求めていた賢治の思いがにじみ出ているように見えた。

心平への手紙

草野心平との出会いが、教師を辞めようとしていた賢治になんらかの影響を与えたことはまちがいないだろう。心平は辻潤と同様に『春と修羅』に大いに感激し、主宰する詩誌「銅鑼」への寄稿を頼んだからである。

なにしろ、文壇からはほとんど評価されなかった賢治である。そこへその価値を認めた者から同人の誘いがくれば、こんなに嬉しいことはないだろう。もともと世界観の似たふたりの交流は、その後、長く続くことになる。そして、賢治は教師を辞めるまでに「―命令―」「未来圏からの影」「休息」「丘陵地」「昇羃銀盤（しょうべきぎんばん）」「秋と負債」などの詩を次々と「銅鑼」に発表した。これらの作品は、基本的には、それまで書きためた「春と修羅　第二集」のなかから選んで寄稿したものだった。

それらのなかには星や宇宙があらわれるものも含まれる。たとえば「―命令―」は、軍人の命令を扱い、夜の行軍を命令するようすが描かれたものだが、

おい、マイナス第一中隊は
午前一時に露営地を出発し
現在の松並木を南方に前進して
向ふの　あの　そら
あの黒い特立樹（とくりつじゅ）の尖端から
右方指二本の緑の星の東にあたる
小さな泉地を経過して
市街の

　コロイダーレな照明を襲撃しろ

とあり、そのすぐあと小隊長に「きさまは空のねむけを噛みながら行け」という言葉を投げかけている。午前一時を過ぎ、丑三つ時あたりになれば、眠くなるのは当然だろう。それをこらえるようすを描いた「空のねむけを噛みながら」というフレーズは、賢治にしか書けない独特の表現だと思う。

　また、「秋と負債」には、のちの賢治の童話作品のタイトルとなった「ポランの広場」も登場する。この作品は、教師を辞める直前に刊行された「銅鑼」一九二六（大正十五）年一月号に発表されているが、詩作した一九二四（大正十三）年に、戯曲として公開され、花巻農学校の生徒たちによって上演されている。

　こうした寄稿を通じた心平との交流のなかに、賢治が自分自身について思い悩むようすがうかがえる。彼が心平に送った手紙には、

　　私は詩人としては自信がありませんが、一個のサイエンチストとしては認めていただきたいと思います

としたためられていたのである。

迷い道の苦悩

それは、当時の賢治の心情を吐露したものにほかならなかった。ちょうど「銅鑼」の同人になった頃のことである。賢治は東北帝国大学理学部地質古生物学教室の早坂一郎博士を北上川に案内することとなった。一九二五（大正十四）年の秋のことである。

賢治は、盛岡高等農林の学生時代、同級生とともに盛岡付近の地質調査を行って、詳細な報告書を仕上げているが、そのときの指導にあたったのが関豊太郎教授だった。賢治は関教授のゼミに参加し、得業（卒業）論文も仕上げ、さらに卒業後も教授の研究に協力して、地質、土性調査を行っている。関といえば、日本土壌肥料学会の初代会長となる人物で、土壌学の第一人者だ。そんな人物に指導されたわけだから、賢治の地質学や土壌学の知識は半端なものではなかったはずだ。

賢治は、教師になってからも生徒を連れて、現在でいう「地質巡検」にでかけていた。そんな賢治を頼って、早坂博士がやってきたわけだから、賢治もまんざらではなかっただろう。そうして、賢治がイギリス海岸と名づけた北上川の川岸で、大昔のクルミの化石を採集した。このクルミの化石採集の研究成果は、地質学の学術雑誌「地学雑誌」に掲載された「岩手県花巻町産化石胡桃に就いて」という論文*に結実しており、早坂博士は論文の最後に、「化石採集に便宜を与へてくださつた盛岡の鳥羽源蔵氏、花巻の宮澤賢治氏に感謝の意を表する。（大正十四年十二月二十二日）」と謝辞を述べている。ちなみに、「銀河鉄道の夜」でプリオシン海岸でのクルミの化石発掘をしている学者先生は、早坂博士がそのモデルである。

採集されたクルミは、百十万年ほどまえに絶滅したオオバタグルミであり、現在のような小型のオニグルミへ進化していくまえの段階の種である。この発見は貴重なもので、その発見の過程における賢治の功績は非常に大きい。早坂博士は賢治に論文の共著者になってほしいと頼んだが、賢治は固辞したという。

しかし、そのいっぽうで誇らしい、あるいは、もしかしたらこうした科学への貢献が続けられるのではないかという気持ちもあって当然だったのではないだろうか。根っからの地質・鉱物好きの賢治。サイエンティストとして認めてほしい、という草野心平への手紙をしたためたのは、早坂博士を案内したクルミの化石採集の時期とも一致する。賢治の心情が大きく揺らいでいたことを示すものにほかならない。

＊「地学雑誌」（444号55-65ページ 1926）

その気持ちの揺らぎが収まらぬまま、賢治は、ついに教師を辞める。一九二六（大正十五）年三月、賢治三十歳のときである。

教職との決別

そもそも教職は、賢治自身が望んだ仕事ではなかった。しかし、教師になったことで、賢治は生徒たちの感性と向きあいながら、創作活動に励み、作品を彼らに紹介し、歌、舞台や演劇などを通じて、思いが伝わっていくことに喜びも感じていたはずである。その四年あまりの年月は、創作者としての賢治をむしろ充実させていたのではないか。その証拠に、この時代に多くの作品が生みだされている。

では、彼の、教師という職業に対する気持ちが揺らいでいった原因はなんだったのだろうか。それはそう単純ではないようだ。中央の文壇に認められないことによる、詩人としての自信のなさもあっただろう。前述のようにサイエンスへの思いもあったかもしれない。しかし、いちばん大きかったのは、当時の農村の状況を背景に、生徒たちに説いている教えと、自分自身の生き方そのものが矛盾していると思いはじめたことだろう。なにしろ、当時の農学校の卒業生は半分も農業従事者にならなかったのだ。農業で生計を立てるのはそれほど難しかったということだ。そんななかで、賢治は生徒たちに農業を基本とする生活をめざせといいながら、自らは俸給をもらう教師という職にとどまっているということに耐えられなくなった。これに関してはいくつかの証言が残されている。農学校の教え子であった冨手一は、次のように述べている。

「先生はわたしたちにいつもいってました。学校を出たら家へ帰って百姓をやれ。なんどもなんどもいわれたのです。ところが学校をでるとたいてい技手になったり役所へつとめてしまう。それでは農村は立ち直れない、よくならないと先生は思われていたのです。そういう自分が俸給生活者である矛盾から、おれも百姓になるからおまえらもなってくれ、という強い態度を示されたのだと思います。（後略）」

（『年譜　宮澤賢治伝』堀尾青史　中公文庫）

さらに、この賢治の決断をあと押しする理由が、もうひとつあった。あの保阪嘉内の影響である。

嘉内の影を追って

盛岡高等農林学校時代の親友保阪嘉内は、除籍処分を受けて、郷里の山梨に帰って地元で生活するなかで、自分の生き方や社会に対する見方が変わっていった。もともと嘉内も農民のために生きる決意は賢治と同じだった。ただ、それは宗教者として農民のために生きる道ではなく、自らが農業に携わりながら、農地を開拓していくという道だった。

農林学校時代にも、すでに「農学を修めて故郷に帰ったなら村長となって土地を改良するとともに農村に副業を興し、多角経営、協同組合的組織を取りいれて模範農村を築くことを考えていた」(『宮沢賢治の青春』)という。

さらにいえば嘉内は農民文化を築くことが大切と考え、「農民芸術論」などの演説を行っている。また、一時期新聞社に勤めたあと、郷里で農民として歩みはじめていた。そのことが嘉内から手紙で知らされたのは、賢治が実際に教師を辞める前年のことらしい。

その手紙に対する返信には、

お手紙ありがたうございました

来春はわたくしも教師をやめて本統の百姓になって働らきます

（『〔新〕校本 宮澤賢治全集 第十五巻 書簡 本文編』）

とある。手紙でしばしば交流を続けていた賢治は、嘉内が常に一歩先を行っていると意識せざるをえなかったのではないだろうか。一度は決別した友であったとしても、嘉内の影は常に賢治のなかにあった。

そして、その影をいつのまにか追いかけて、自分もかつて嘉内に聞かされたような、大地に根を張る生活へと向かっていったのだ。

羅須地人協会（らすちじんきょうかい）の設立

一九二六（大正十五）年三月末、学校を依願退職した賢治は、花巻川口町下根子桜に住みはじめた。そこには、賢治の祖父、宮沢喜助が北上川の河岸段丘となっている高台に宮沢家の別宅として建てた柾葺（まさぶき）二階建ての家があった。桜という集落の端にあり、東側に北上川を見下ろす眺望が優れた場所で、段丘を川へと下ったところに畑があった。これがのちの「下ノ畑*」である。

この別宅は、かつて妹トシが闘病したところでもあったが、その後だれも住んでいなかったこともあり、かなり傷んでいた。賢治は入居の数か月まえから、大工を頼み、補修したようだ。とくに一階の六畳間は、人が集えるように改修して、五月には早くもレコード・コンサートや子どもたちへの読み聞かせなどを始めた。ここで草野心平の詩誌「銅鑼」へ掲載する詩をつくりながら、独居生活に入ったのである。

地元でも、賢治の退職はニュースとなった。岩手日報には「新しい農村の／建設に努力する／花巻農学校を／辞した宮沢先生」という談話が掲載された。そこには「農村経済の研究と耕作をし、生活すなわち芸術の生涯を送りたい」という賢治の決意の一端も紹介されている。

まさに、理想を追求しつつ、ついに八月、賢治は「羅須地人協会」を設立し、農家の青年たちに声をかけ、農業や農民芸術などの講義や、肥料の相談をはじめとする活動を開始する。その活動は半年以上にわたって続くことになる。ただ、とくに芸術方面の活動については、保守的な農村の人びとにはなかなか受けいれられず、出入りするのはおもに子どもたちから若い世代までであった。

ところで、この羅須地人協会という名称の意味には、いくつかの説があり、あまりはっきりしていない。賢治は、「『羅須』は花巻町を花巻というようなものでとくに意味はない」と語ったとも伝えられているが、私塾とはいえ、理想を追求する場所の命名に思い入れがないはずがない。したがって、なんらかの意味をこめていると私は考えている。「羅須」については、修羅の反転だとか、田舎の、あるいは質素なという意味の英語 rustic から採ったのではないかともいわれている。「地人」という言葉も単に「地の人」というイメージの造語ではなく、天地人に由来するのではないか、とも思える。天地人という語は、孟子の「天時不如地利、地利不如人和（天の時は地の利に如かず、地の利は人の和に如かず）」という言葉に由来している。これは何かことをなすにあたり、天の時（好機）がきても、地の利（立地や状況）が悪ければ何もなしえず、地の利がよくても人の和がなければうまくいかないという意味で、人の和が最も大切であるということを説いている。天候に恵まれて（天の時）も、土地の状態（地の利）が悪ければ、作物は育たない。それを土壌改良や肥料設計でなんとかし、なおかつ協会に集う若い農民たちのネットワーク、つまり「人の和」によって、農業を振興したいという賢治の思いのあらわれなのではないだろうか。では、なぜ天地人という言葉を使わなかったのか、という疑問が生じる。星好きの賢治が天を入れなかったのは、「天地人」のままではありきたりなので、天を「羅須」に換えたのではないか、とも思えるが、その場合でも、「羅須」の意味が天なのかどうか、やはりわからない。謎に満ちた名称はあまり使われず、実際に出入りした青年たちも「農民芸術学校」

と呼称していたらしい。

＊現在の岩手県立花巻農業高等学校（旧、花巻農学校）に賢治の住居であった羅須地人協会の建物が移設されているが、玄関わきに掛かる小ぶりの黒板には「下ノ畑ニ居リマス」というチョークの文字が残る。当時の賢治の日常を象徴している。

大地と向きあう

ひとりの農民として大地と向きあいはじめた賢治。

実際の生活はどうだったのだろうか。教師生活とはうってかわり、ほぼ肉体労働の農作業は、賢治にとってはかなりこたえたようである。それは、この時期に書かれた「一〇一七　開墾」という作品にみてとれる。

野ばらの藪を、
やうやくとってしまったときは
日がかうかうと照ってゐて
そらはがらんと暗かった
おれも太市も忠作も

そのまゝ笹に陥ち込んで、
ぐうぐうぐうぐうねむりたかつた
川が一秒九噸(トン)の針を流してゐて
鷺(さぎ)がたくさん東へ飛んだ

私にもかつて荒地を耕して、畑にした経験がある。土地そのものはきわめて狭かったが、絡まって藪になった草木を刈りとり、その根を掘りだすのにあまりに手間がかかり、閉口した。人力で開墾する困難さを思い知ったが、賢治もそのような心情を端的に詠っている。おそらく日のまだ低い早朝から始めて、すぐに終わると思ったのに、結局は「日がかうかうと照って」いる昼までかかってしまったのだろう。羅須地人協会に出入りしていた若者だろうか、手伝ってくれた人とともに、そのまま笹藪に倒れて眠ってしまえそうなほど疲れていたとみえる。

賢治が大地と向きあいはじめた頃に、農学校の教え子が訪ねたときの会話が残されている。

「最初の日はやっと二坪ばかり、その次の日も二坪とちょっとばかり、何せ竹藪でね、夕方には腕がジンジン痛む。しかし今では十坪くらいは楽ですよ。体もなれて、もうなんともない。」

（『年譜 宮澤賢治伝』）

賢治はそう言ったが、その教え子は、破れた靴下のかかとの穴を上にしてはいているその穴から、ヨードチンキが塗られた痛ましい切り傷がのぞいており、鍬（くわ）で切ったのではないか、と想像している。教師生活から農業へのいきなりの転身は、覚悟はあったとはいえ、かなり厳しいものだったにちがいない。

食生活も質素だった。三日ごとに一度に飯を炊いて、梅干しを入れて井戸へつるして保存していた。それを取りだしては汁を注いで、たくあんやレタスなどの葉もののおかずだけですませていたという。賢治を訪ねていった知人などの話から、そのあまりに質素な生活を聞いた賢治の母は、心配のあまり、家でつくったあずきのすいとんを妹クニに持たせたことがあった。ところが、賢治はそれを受けとらず、これからも絶対に持ってこないように、とそのままクニを帰してしまったという。花巻の名家である実家からは独立して、あくまでひとり暮らしをしようとする賢治の心意気があらわれたエピソードではあるが、こうした生活は、やがて賢治の体をむしばんでいくことになる。

理想を追いもとめて

羅須地人協会の活動は、ある意味で革新的であった。すでに紹介したようなレコード・コンサート、子ども向けの童話の朗読会、肥料や農業に関する実践的な講義だけでなく、不要品の競売や交換の会、農機具や農業服に関する研究会、花壇の設計、さらにはエスペラントの勉強会や、自らチェロを購入して農民による楽団を結成するなど、きわめて多彩であった。最初の年の年末には上京して、エスペラントやチェロを猛勉強した。

これらの活動、とくに芸術の考えをまとめて著したのが、「農民芸術概論綱要」だ。これ自体が発表されることはなかったが、没後、全集に収載された。なかでも〈序論〉にある言葉、

世界がぜんたい幸福にならないうちは個人の幸福はあり得ない

は、「銀河鉄道の夜」を貫く賢治の思想を示す意味で注目に値する。

ところで、この「農民芸術概論綱要」には、宇宙という言葉が三度、あらわれる。〈序論〉では集団的社会を示す比喩としての宇宙、そして〈農民芸術の本質〉では以下の文章だ。

農民芸術とは宇宙感情の　地人　個性と通ずる具体的なる表現である

ここで、協会の名前にも織りこまれた「地人」という言葉に先立つ「宇宙」に感情を付していることろは興味深い。さらに〈農民芸術の綜合〉の冒頭は、

……おお朋だちよ　いっしょに正しい力を併せ　われらのすべての田園とわれらのすべての生活を一つの巨きな第四次元の芸術に創りあげようでないか……

まづもろともにかがやく宇宙の微塵となりて無方の空にちらばらう
しかもわれらは各々感じ　各別各異に生きてゐる
ここは銀河の空間の太陽日本　陸中国の野原である
青い松並　萱(かや)の花　古いみちのくの断片を保て

雄大な宇宙の微塵のような自分たちが、農業を通じてその四次元の芸術を創造するとしている。なんと壮大な目標だろうか。すでに賢治は、宇宙の茫漠(ぼうばく)たる時空間と芸術の無限

の可能性を重ねて見ていたのかもしれない。

しかしながら、この思いが当時の保守的な農民にすんなりと受けいれられることはなかった。レコードは、教師時代に得た収入があったからこそ手に入れることができたのだし、昼の農作業に疲れて、夜にレコード・コンサートへ足を運ぶなどという農民は多くなかった。子どもたちは、朗読よりも賢治が配るお菓子目当てで立ち寄っていたし、講義を聞きにくるのは賢治に教わった農学校の卒業生や、なんらかのつながりのあった若い人たちだけだった。宮沢家という恵まれた名家の御曹司が、ちょっと風変わりな農家のまねごとをしている、と見られていたのだ。秋には収穫前の白菜をごっそり盗まれた。それほど反感を買っていたのか、あるいは農家の状況が厳しかったのか、わからない。しかし、前者の可能性は高い。「春と修羅　第三集」のなかで、賢治は心情を詩にしている。

盗まれた白菜の根へ
一つに一つ萱穂を挿して
それが日本主義なのか

水いろをして

エンタシスある柱の列の
その残された推古時代の礎に
一つに一つ萱穂が立てば
盗人がここを通るたび
初冬の風になびき日にひかって
たしかにそれを嘲弄する
さうしてそれが日本思想
弥栄主義の勝利なのか

（「七四三　盗まれた白菜の根へ」）

昼は農作業、夜は集会や講義、そんな日々が粗食のなかで続けば、それだけで疲れがたまっていくばかりだろう。しかも、農業指導や肥料設計などをほとんど無償で行っていた賢治である。心身ともに疲れはじめていた彼が、盗まれた白菜の傷跡を、どんな論理で納得させればよいか葛藤しているようすがうかがわれる。

理想と現実

賢治は、隠遁者となって自給自足を行う独居生活だけを追求していたわけではない。羅須地人協会を開放し、そこで農民芸術を普及させ、理想的な農村をつくることをめざして自分が力になれると思うことはなんでもやった。地質学や化学の知識を生かし、多くの人に農業指導を行ったり、頼まれれば花壇の企画・設計そして実際の作業まで行った。

とりわけ肥料の指導は懇切丁寧で、それぞれの農地の地質学的状況を取材し、ときには直接農家に出向き、その土地に合った肥料配合を決めた設計書を書いて渡していた。これは「肥料設計」と呼ばれており、その設計書の数は一九二七（昭和二）年では六月までに二千枚を超えるというから驚きである。「それでは計算いたしませう」*という詩に、その肥料設計の詳細さを読みとることができる。

それでは計算いたしませう
場所は湯口の上根子ですな
そこのところの
総反別はどれだけですか

五反八畝と
それは台帳面ですか
それとも百刈勘定ですか、
いつでも乾田ですか湿田ですか、
すると川から何段上になりますか
つまりあすこの栗の木のある観音堂と
同じ並びになりますか

土地の条件、土壌の種類、日照、これまでの作物や雑草の種類、肥料の経験、今年の作物に関する希望などを細かく聞いている。右にあげたのは長い詩のほんの一部だが、賢治はほぼ毎日のように肥料設計相談を行っていたようである。

こういった農業指導は、乞われなくても通りがかりに声をかけ、田んぼの土を自ら指で確かめて、昨年の稲のでき具合と肥料を聞きだしては、今年はこうしたらよいと助言していたという。

花壇の企画・設計も、その延長上にあった。ただ、これらの農業指導や肥料設計はほとんど無償だ。それによって収量が増えたり、成功したりした農家は実際に存在する。しかし、当時の天候不順は賢治の指導の限界を超え、賢治の努力も裏目に出てしまうことがあった。とくに一九二八(昭和三)年の夏は、東北地方はまれに見る高温、干天に見舞われた。雨がほとんど降らず、干ばつに勝てずに枯れていく作物をまえに、どうしていいかわからない農民たちは賢治を頼りはじめる。賢治は測候所に行っては見通しを聞き、農家を訪れては励まして回った。しかし本来、天候のせいにすべき現実を、指導した賢治のせいにする農民もあらわれる始末であった。酷暑のなか、農業指導に東奔西走した結果、賢治は疲労困憊して、ついに倒れてしまった。その後、実家に戻って療養することとなり、羅須地人協会はついに再開できないまま、終わってしまうことになる。

最終的にあきらめざるをえなかった協会活動だったが、苦しいことばかりではなかった。新しい土地へ出かけ、新しい人にめぐりあうという楽しみもあったのである。

＊『年譜 宮澤賢治伝』

揺れる思い

賢治に関して、女性との浮いた話はほとんど伝わっていない。鼻を悪くして入院した病院で看護師に淡い思いを抱いた程度のことはあったが、その後は東京でも地元でも、その手の話はほとんどない。賢治の作品には女性を修羅のごとくに思っているかのような表現も散見され、賢治が同性愛的な感情を抱いていたという見方をする人もあることは確かだ。ただ羅須地人協会の活動において、賢治はさまざまな人物と出会っており、そのなかには女性の姿もあった。

ひとりは高瀬露という人である。岩手県立花巻高等女学校を卒業後、教員資格を得て、賢治と出会った一九二七（昭和二）年当時は稗貫郡湯口村の宝閑小学校の教諭をしていた。当時の音楽関係の集まりなどで、賢治を知ったという。露はクリスチャンで、同じ教会に通っていて羅須地人協会に出入りしていた高橋慶吾の紹介で、自身も羅須地人協会に通うようになった。献身的な露は賢治のひとり暮らしに同情してか、次第に食事の支度や掃除までするようになった。最初は露を「しっかりした女性だ」とほめたたえ、世話をしてくれるのをありがたがった賢治だったが、その行動が次第に積極性をおびていくと困惑を隠さなくなっていった。賢治は、居留守を使ったり、自分は病にかかっているというつくり話をしたり、じつにさまざまなやりかたで露を遠ざけようとしたなどといわれている。

彼女とのことが噂となったこともあったようだが、やがて肺の病を得て協会活動をやめざるをえない事態に至って、うやむやになってしまったらしい。

有名な「雨ニモマケズ手帳」に、

聖女のさましてちかづけるもの
たくらみすべてならずとて
いまわが像に釘うつとも
乞ひて弟子の礼とれる
いま名の故に足をもて
われに土をば送るとも
わがとり来しは
たゞひとすじのみちなれや

という詩があるが、一説には、露の言動について書いたものだともいわれている。しかし、この詩が書かれたのは露との一件より数年も時期が遅く、別の人物についてのものではないかとする意見もあり、ほんとうのところはわからない。また、この協会時代、賢治はもうひとりの女性との出会いも経験している。

その人の名前は伊藤チヱという。一九〇五（明治三十八）年、岩手県水沢（現、奥州市）の豪農、伊藤家の四女として生まれた。盛岡高等女学校を卒業したのち、東京で働いていた兄、七雄を頼って上京し、保育園の保育士として働いていた。この兄の七雄はなかなかの人物である。関東大震災の直後に、朝鮮人が井戸に毒を入れたなどのデマを発端にして、無実の朝鮮人たちを虐殺する事件が起きたとき、彼は自ら経営していた寮にいた朝鮮人数十名を守りきったといわれている。その後、ドイツに留学したが、そのあいだに肺を病み、帰国療養することになった。療養のために温暖なところとして選んだのが伊豆大島である。チヱは、兄の看病のため休職し、いっしょに伊豆大島で暮らすようになった。

その後、七雄には伊豆大島で農芸学校を開設したいという夢が膨らんでいったという。そのために、いろいろ指導を乞いたいと思って相談しているうち、たどり着いたのが賢治だった。さらに、賢治が花巻の名家である宮沢家の長男だったことから、七雄は妹のチヱを引きあわせ、できれば縁を結ぼうと考えたらしい。

一九二八（昭和三）年春、七雄はチヱを伴って、宮沢家を訪れる。表向きは農芸学校への指導を仰ぐためだった。もちろん、賢治にとっても、新しい農芸学校の構想は興味を引くものだったにちがいない。ただ、非公式ながら見合いのようなものとして連れていかれたと思っていたチヱにとっては、いささか拍子抜けするものだったのかもしれない。後年に彼女が残した手紙に、賢治の印象が書かれている。

あの人は（中略）何かしらとても巨きなものに憑かれてゐらっしゃる御様子と、結婚などの問題は眼中に無いと、おぼろ気ながら気付かせられました時、私は本当に心から申訳なく、はっとしてしまひました。

（『宮澤賢治の肖像』森荘已池 津軽書房）

いっぽう、賢治は好意をもったとしても、それを関係者に明快に言うタイプではなかったが、チヱに好意的な印象をもったと推察される。それは一九二八（昭和三）年六月に賢治が伊豆大島を訪問したときの作品「三原三部」や、その後の彼の言動にもはっきりとあらわれている。とくに伊豆大島から帰ってから友人に語った言葉は賢治の思いをよくあらわしている。

神父セルゲイの思いをした。指は切らなかったがね。おれは結婚するとすれば、あの女性だな。

（『年譜 宮澤賢治伝』）

神父セルゲイとは、トルストイの小説の登場人物である。もともとロシア皇帝に仕えていた親衛隊だったが、恋人を皇帝に取られてしまい隠者となった。この隠者をたぶらかそうと、ある女性が道に迷ったふりをしてセルゲイに助けを求め、彼の住まいに入りこんで彼の気を惹いてみた。セルゲイはその誘いにこたえたい思いをこらえるため、自らの指を斧で切ったというのである。友人に語った話は、賢治らしい、じつにユーモアにあふれた表現なのだが、少なくとも彼はかなり乗り気になっていたのだろう。

当時としては、水沢の伊藤家と花巻の宮沢家では家柄も同格であり、申し分のない結婚話であった。時間が許せば、ほんとうに結婚し、賢治の歩んだ人生もちがったものになっていたかもしれない。

運命のいたずら

だが、賢治は積極的に踏みこむことなく、船で伊豆大島をあとにした。そのときの気持ちは詩にもあらわれている。「三原　第三部」には、賢治にしてはめずらしく直球に近い感情の表現がある。

なぜわたくしは離れて来るその島を
じっと見つめて来なかったでせう

もういま南にあなたの島はすっかり見えず
わづかに伊豆の山山が
その方向を指し示すだけです
たうたうわたくしは
いそがしくあなた方を離れてしまったのです

追い打ちをかけるように、現実は無情であった。花巻に帰った賢治を待っていたのは、夏の干ばつだったのである。おそらく賢治を頼っていた農家からの相談は増えていただろうし、また夏の暑さそのものが病弱な賢治の体を痛めつけたにちがいない。八月の半ばには賢治は病床に臥(ふ)してしまった。実家でしばらく養生していたのだが、熱が一か月以上も下がらなかったという。さらに年末には肺炎にかかり、下根子の羅須地人協会は事実上、閉鎖を余儀なくされる。結婚どころではなくなってしまったのである。

賢治は、妹と同じ結核に冒されていたとされている。通常なら、結核患者との結婚など考えられない時代である。ただ、チヱは結核だった兄の七雄の面倒を見ていたくらいだから、それほど障壁とは思わなかったのかもしれない。事実、賢治が病から立ち直った時期、結婚話は再燃した。だが、そのときは賢治のほうが乗り気ではなかった。もはや死を予感していたのかもしれない。

いっぽうのチヱも、大島農芸学校を立ち上げた数か月後に七雄が亡くなり、東京の保育園に保育士として復帰したが、やはり結核を発症して病の床に臥していた。だいぶ困窮していたようで、賢治の作品も買う余裕がなく、立ち読みですませていたという。結局ふたりは、伊豆大島で会ったきり、二度と会うことはなかった。チヱは、回復し戦後の昭和を生き抜いて、一九八九(平成元)年に亡くなっている。

残念ながら、羅須地人協会が閉鎖する頃になると、賢治の新作には、ほとんど星や宇宙はあらわれない。闘病中につくったとされる詩にも星どころか、月さえもほとんど登場しないのである。彼の創造の泉から天空が失われていたこの時期の彼の心中は察しえない。予感していたであろう自らの死、その命の消えゆく先に夜空の星はどう見えていたのだろうか。

第四章

ふたたび石に向きあう

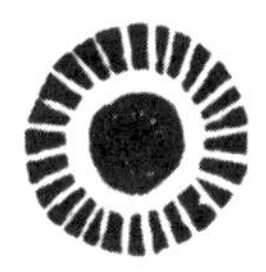

下根子の羅須地人協会は閉じざるをえず、実家に戻って病に臥していた賢治にとって、その毎日はさぞかし苦しかったことだろう。自らの理想を追求してつまずく経験は、故郷を捨てて上京したものの、夢破れて、捨てたはずの故郷に舞いもどったときに続き、これが二度めといえるからだ。農民のための理想を掲げて走りまわったものの、その行動は実を結ぶどころか、自身の体をもぼろぼろにしてしまった。理想を求めすぎ、バランスを欠いた行動を悔いる思いにもさいなまれたのではないだろうか。賢治が羅須地人協会の試みに対してかなり後悔していたことは、多くの研究者も認めるところだ。実際、下根子の賢治の住まい近くに住んでいた知人の伊藤忠一に宛てた手紙にその思いが残されている。やや体調が回復した一九三〇(昭和五)年に書かれたそれには、

たびたび失礼なことも言ひましたが、殆んどあすこではじめからおしまひまで病気(こころもからだも)みたいなもので何とも済みませんでした。

(『〔新〕校本 宮澤賢治全集 第十五巻 書簡 本文篇』)

と記されており、その文面からは「あすこ」すなわち下根子の生活を肯定しているとは到底思えない。さらに、興味深いのは、「禁治産」というタイトルで、おそらく戯曲のアイ

デアを書いたメモが見つかっていることだ。そこには「小ブルジョアの長男」が設定され、

空想的に農村を救はんとして
奉職せる農学校を退き村にて堀立小屋を作り開墾に従ふ
借財によりて労農芸術学校を建てんといふ。
父と争ふ、互に下らず　子つひに去る。

とある。労農芸術学校のところは、結婚を考えた伊藤チヱの兄、伊藤七雄のことのようにも思われるが、農学校を退き掘立小屋を作るところなどは、紛れもなく賢治自身がモデルであり、羅須地人協会の試みと考えてよい。ともかく、父と争うところは、まさに賢治そのものだ。

そんな後悔の念を抱きながら病床にあった賢治にふたたび思いがけない光明が差しこんだのは、一九二九（昭和四）年のことであった。賢治の弟である宮沢清六の著書『兄のトランク』の一節に、そのようすが描写されている。

朴訥（ぼくとつ）そうな人が私の店に来て病床の兄に会い度いというので二階に通したが、こ

の人は鈴木東蔵という方で、石灰岩を粉砕して肥料をつくる東北砕石工場主であった。兄はこの人と話しているうちに、全くこの人が好きになってしまったのであった。

幼い頃から石や鉱物に関心のあった賢治にとって、このときの出会いは、彼をふたたび石へと向かわせるきっかけとなった。

釣り好きの人は、釣りは「鮒(ふな)に始まり、鮒に終わる」と言う。天文好きのあいだにも、「月に始まり、月に終わる」というたとえがある。そして、この出会いが「石に始まり、石に終わる」という賢治の人生の最終章の幕開けとなる。

志を同じくする人との出会い

鈴木東蔵は、岩手県の南部、東磐井郡(現、一関市)に東北砕石工場を建てて、石灰肥料を生産する事業を行っている人物だった。東蔵が工場を始めたきっかけは、大規模農業の走りでもあった小岩井農場の存在にある。小岩井農場は、もともと火山灰地で耕作には適さない荒れ地を開拓した場所である。岩手山麓の広大な官有地を開墾し、農業を始めようと内閣鉄道局長官であった井上勝が、日本鉄道会社副社長だった小野義眞および三菱社社長の岩崎彌之助に呼びかけたところから始まったものであることは広く知られている（そのために、三人の姓の頭文字が農場名となっている）。開拓直後から、牛や馬の飼料の自給をめざしたため、牧草が育つための土壌改良が必要となった。その一環でとられた対策のひとつが、酸性土壌を中和する石灰の使用である。当初は消石灰が使用されたが、アメリカ方式として石灰石を細粉にして撒く方法が検討された。ある程度の粒径をもつことで、効果が持続するからである。この石灰細粉の入手が困難だったため、小岩井農場は石灰工場の屑石などを買い入れて用いたり、あるいは農場自体に細粉設備を設けようとしたりした。

そこに技士補として勤めていたのが、川村貞助（旧姓・鈴木）という人物で、その実の兄が鈴木貞三郎、鈴木東蔵の叔父にあたる人物だ。石灰の必要性を聞いた東蔵は、当時、開通間近だった鉄道大船渡線による輸送も見通し、一九二五（大正十四）年、貞三郎とともに東北砕石工場を立ちあげたのだった。こうして、小岩井農場は、希望通りの石灰細粉を入手できるようになった。

ところが、小岩井農場に納めるだけでは工場が成りたたない。他の鉱物資源なども扱いながら、なんとか主力の石灰の需要を増やそうとしていた。しかし、当時の農家に石灰を購入するような余裕はなかった。彼らにとって石灰は、必要なら自分で山に入って取ってくるもので、買うものという意識はなかった。しかし、なぜか花巻の渡邊肥料店からは、毎年貨車にして二台分ほどの注文が入っていた。ところが一九二九（昭和四）年になると、その注文がぱたりと途絶えてしまった。不思議に思った東蔵が花巻に出向き、事情を聞いたところ、宮沢賢治という人物が、これまで肥料設計の世話をしていたために石灰が売れたのだが、いまその人が病気で休んでいるため注文が途絶えたのだ、というのである。

なにしろ、賢治は農業化学と肥料を学び、石灰の重要性をいち早く認識し、教師時代には、それを授業で教えていた人物である。土壌改良・酸性度の中和のために石灰が必須であるということはよく心得ていた。多くの肥料設計書に石灰岩抹を薦めていたのである。賢治は、知らず知らずのうちに、東蔵の工場で生産される石灰肥料の普及にひと役かっていたことになる。

一九二九（昭和四）年の春[*1]（秋という説もある[*2]）、賢治の病状はおもわしくなく面会謝絶の状態だったが、東蔵がどうしてもと頼みこんで、なんとか面会が許された。ふたりが話をするや、両者が石灰を通じて懇意になるのは、ごく自然のなりゆきであった。じつは東蔵は、石灰工場を立ちあげるまえから、賢治と同じく東北の農民の生活向上のために奔走していたのだ。彼はかつて、村役場の書記として十五年ほど勤めていた。そのあいだに青年団活動のリーダーとして実践を積んだだけでなく、当時の社会情勢の分析をもとに東北農村の実情を解決すべく『農村救済の理論及実際』『理想郷の創造』という提言をまとめた著書まで出版しているほどだ。役場を辞めてからは上京して、雑誌記者をしつつ、『地方自治文化的改造』を著している。この三冊の著書には、地方行政に身を置いた経験が土台となった、農村社会を救いたいという気持ちがこめられている。このようなふたりが意気投合しないわけはない。賢治と東蔵、それぞれのアプローチはちがったが、最終的に石灰という具体的な素材を通して運命的に出会ったといえるだろう。

賢治は、病床にありながら、農家を助けたい思いが募り、石灰の普及にさらにとり組みたい気持ちを強めていく。そして、事業があまりはかばかしくなかった東蔵のほうは、〝肥料の神さま〟とまでいわれていた賢治の知識や知恵にすがりつきたい思いを隠すことはできなかった。

＊1『宮澤賢治と東北砕石工場の人々』（伊藤良治 国文社）、『兄のトランク』など。
＊2『〔新〕校本 宮澤賢治全集 第十六巻（下） 補遺・資料 年譜篇』

生きる意欲

鈴木東蔵の訪問は、病に臥していた賢治を、ある意味で前向きにさせたできごとだった。賢治にとっては、羅須地人協会が失敗に終わったこともあって、病のせいばかりでなく精神的にも落ちこんでいた時期に差した一条の光だったのかもしれない。

賢治と東蔵が初めて会った年の十一月から十二月にかけて、石灰肥料の効用について両者のあいだで手紙が交わされている。東蔵が作成した「石灰石粉の効果」の広告文案について、賢治はその内容のまちがいを訂正したうえで、懇切丁寧にさまざまな情報を補足している。

こうしたやりとりを通じて、賢治はますます東蔵が経営する東北砕石工場を助けたくなっていった。弟、清六の『兄のトランク』にも、

しかもこの人の工場は、かねて賢治の考えていた土地の改良には是非必要で、農村に安くて大事な肥料を提供することが出来るし、工場でも注文が少なくて困っているということで、どうしても手伝ってやりたくて致し方なくなった。

とある。翌一九三〇（昭和五）年はじめから春先頃までのあいだに送られたとされる東蔵宛ての手紙の内容が、それを如実に裏づけている。その手紙こそ「貴工場に対する献策」である。それまでは東蔵が疑問に思ったことを尋ねたり、指導を乞うたりするために賢治に送った手紙の返書という形でしかやりとりはなかったのだが、この献策は賢治が自発的に書き送ったものだった。その内容は、目を見張るものだった。一介の文学青年が書いたものとは思えないほど、多彩な経営戦略が述べられているのだ。経営の戦略立案の重要性を説き、販路開拓、鉄道の利用、競争を見越した宣伝広告だけでなく、石灰肥料そのものの品質管理や多角化まで含まれている。

特筆すべきは、工場の取りあつかう石灰肥料の商品名の変更であった。それまで工場では石灰肥料を「石灰岩抹」あるいは「石灰岩粉」などと呼んでいたが、これを「肥料用炭酸石灰」とすることを提案した。

所謂（いわゆる）薬用の沈降炭酸石灰の稍々粗（しょうしょうあら）なるものといふ風の感じでどこか肥料としては貴重なものでもあり、利き目もあるといふ心持ちがいたします。

（『〔新〕校本 宮澤賢治全集 第十四巻 雑纂 本文篇』）

賢治らしい感性からの提案だったといえるだろう。実際、東蔵はこれをうけて、商品名を「炭酸石灰」と改め、その後「炭酸カルシゥム」、つまりいわゆる「タンカル」となっていった。いまでもこの呼称は広く使われている。また、当の東北砕石工場は「タンカル工場」となって発展していくことになる。

このような恩義を受けた東蔵は、そのお礼のために賢治の実家を訪問する。両者の出会いから約一年後、一九三〇（昭和五）年の春のことだった。

ビジネスマン、宮沢賢治の誕生

折しも、長い静養を経て、賢治の体調が回復しつつある時期で、賢治はその後も手紙を通じて、工場のために働きたいとの希望を述べるようになる。一九三一（昭和六）年の一月、東蔵は三度めとなる宮沢家訪問で、おそらく賢治の父も交えて話しあったうえで、工場の技師として賢治を雇う決心をする。

その工場のために働く決心を固め、昭和六年の春からその東北砕石工場の技師として懸命に活動をはじめた

（『兄のトランク』）

この雇用契約については、賢治の父、政次郎の果たした役割が大きかった。それまでの賢治の生き方をふり返れば、父が息子に、そろそろ地に足がついた生活をしてほしいと望んでいても不思議はないだろう。人生経験も豊かで事業の感覚も身についていた政次郎は、東北砕石工場の技師として賢治が明確に位置づけられるため、そして給与を支払ってもらえるために手助けした。当時、資金繰りにも困っていた東蔵に対して、政次郎は五百円[*1]という大金を工場経営基盤として貸しだし、さらには製品の発送に必要な経費も貸しだすことを申しでたのである。これは東蔵にとっては、このうえない援助だった。のちに東蔵は「工場に居て五円の都合も出来ぬ私に、五百円（当時人夫賃一円、酒一升一円）とは大きかった」と回想している。[*2]

だが賢治は技師として東北砕石工場に赴（おもむ）いたわけではない。しばらくは東北砕石工場花巻出張所勤務、すなわち賢治の実家を出張所と称し、広告文などの作成や炭酸石灰に関する調査・改良、質問に対する回答、および小岩井農場などを除く東北各地への宣伝と販売を行うことなどが仕事として課されることとなった。いわば在宅勤務のようなものとも解釈できる契約内容である。政次郎は、東蔵からここまでの譲歩を引きだして雇用契約を結んだ。賢治の体に負担をかけず、仕事ができるようにという親心の深さは察してあまりある。

　ところが、その父の思いとはうらはらに、賢治は猛然と働きだした。なにしろ、元来が困窮をきわめていた農家のために、炭酸石灰肥料を薦めていた賢治のことだ。この仕事を得たことで、その情熱に火がついてしまった。二月二十一日の契約成立を待ちかねたように、賢治は各地を転々として、売りこみを始めたのである。猛烈セールスマン賢治の誕生である。

*1 一九二六（大正十五）年教職を辞したときの賢治の俸給が百三十円だったという記録（『〔新〕校本宮澤賢治全集　第十六巻（下）　補遺・資料 年譜篇』）があるが、五百円はその四か月分あまりということになる。
*2『宮澤賢治と東北砕石工場の人々』

猛烈社員の手帳

　賢治は雇用契約成立の翌日には盛岡へ、その翌日には稗貫郡湯口村へ、さらに二十四日には工場のある松川へ出かけている。
　スタートダッシュとは、まさにこのことだろう。三月になっても賢治の行動は勢いを増しこそすれ、衰えることはなかった。雪が消え、石灰を撒いて土づくりを行うのに絶好の季節に重なったこともある。四月には、岩手県内にとどまらず、仙台や秋田などへも足を運び、その疲れがたまって、しばしば床に臥すほどだった。実際五月の半ばには十日も寝込んでしまっている。

病弱な体に鞭打つようにしながら石にふたたび向きあった賢治だったが、世のなかは厳しかった。この頃、賢治が使っていた「王冠印手帳」が残されているが、そこには石灰肥料の需要予測や原価計算などの数値に加えて、詩の原稿などが走り書きされていて、賢治の行動や心境を知る貴重な資料となっている。とくに興味深いのは、慣れないセールスマンとして働く賢治の心の動きである。「一貫二(ママ)十五銭にては　引き合はず」などといった採算を思うフレーズがしばしば登場する。そのいっぽうで、「ぐたぐれの外套(がいとう)を着て考ふることは／心よりも物よりも／わがおちぶれしかぎりならずや」といった言葉も走り書きされている(これらの走り書きの原稿は、のちに手を入れられて、かなり異なる言葉で原稿用紙に書かれることになる)。

そして、「あらたなる／よきみちを得しといふことは／たゞあらたなる／なやみのみちを得しといふのみ」という走り書きが続く。このフレーズは旧東北砕石工場わきの一角に建立された詩碑に刻まれている*。

東蔵との出会いをきっかけに、働きだした賢治。汽車を乗りつぎ、慣れないセールスに身をやつしながら、商売というまったく未経験の世界の厳しさに直面して悩む心境が、そこにはあらわれているといえるだろう。疲れた体で汽車を待つホームで、あるいは汽車に揺られながら車窓の風景を眺め、そんな心情を折々に綴ったにちがいない。そして手帳の行動記録から察するに、夜汽車に乗ることもしばしばだったろう。その車窓からは、点々とだが、数少ない街明かりとともに、星も見えていたかもしれない。星空を眺めた記録こそないが、そういった夜汽車からの風景が「銀河鉄道の夜」につながった可能性もなかったとはいえないだろう。「銀河鉄道の夜」の原型は、だいぶまえ、教師時代にはできあがっていた。それでもセールスに奔走していたこの時期が、賢治の人生で最も汽車と密接な時期であったことはまちがいない。

季節が移り、石灰の需要期を過ぎると、賢治は精米のために石灰を用いることで販路を拡大しようとしたり、あるいは炭酸石灰肥料だけでなく、松川近くで産出する大理石などを用いた壁などの建築材料を自ら開発し、経営の多角化を提案していったりした。鉱物に詳しい賢治である。東京へ飛びだすまえには、家業として建材や大理石の売買を父に提案したこともあり、アイデアは以前からもっていたのだ。そして、これこそ自分の仕事と思ったのか、その営業活動にかかる費用をときには自腹で払うなどしていたのである。夏に実家の出張所で壁材のサンプルをつくりあげた賢治は、数十キロにもなる重いサンプルを抱えて、東京へ向かった。一九三一（昭和六）年九月十九日のことだった。

＊工場の建物は国の登録有形文化財に指定され、当時のようすをいまに伝えている。またその周囲は「石と賢治のミュージアム」として整備された。

遺書をしたためて

しかし、この頃すでに賢治は疲労のきわみにあった。上京の直前の九月十一日から十五日まで盛岡で開催された肥料展覧会への出展・設営・展示装飾などを一手に引き受け、自ら宣伝チラシを来場者に配るなどしていたからだ。このとき出展スペースの確保をとりはからった岩手県農業試験場の技師は、早朝からチラシを配り、熱心に説明して、疲れ果てている賢治の姿を見て、「むりをなさらないで。なにもそこまでされなくとも」（『年譜 宮澤賢治伝』）と案じたという。

疲れを隠して、東京まで出張しようとする賢治。だが、おそらく母は直感でわかっていた。出発の日、賢治の母イチが何度も行くのをやめるように懇願したのは有名な話である。

上京の途中、仙台で人と会うために一泊したが、その夜は同宿客がうるさく、眠ることができなかったという。早朝四時の汽車で東京へ向かう車中に、開け放たれた窓から入りこむ初秋の冷気が、眠りこむ賢治の肺を痛めてしまったのだろう。上野に着いたときには高熱でふるえが止まらず、タクシーで神田の宿へ向かうと、そのまま寝込んでしまった。そして二十一日、賢治は死を覚悟し、両親および弟妹に宛てた遺書を書いた。両親宛ての内容は、以下のようなものだった。

この一生の間どこのどんな子供も受けないやうな厚いご恩をいたゞきながら、いつも我慢でお心に背きたうたうこんなことになりました。今生で万分一もついにお返しできませんでしたご恩はきっと次の生又その次の生でご報じいたしたいとそれのみを念願いたします。
どうかご信仰といふのではなくてもお題目で私をお呼びだしください。そのお題目で絶えずおわび申しあげお答へいたします。

(『〔新〕校本 宮澤賢治全集 第十五巻 書簡 本文篇』)

賢治は、その遺書を手帳とともにだいじに持っていたようだ。
数日すると熱は少し下がる気配があったが、とてもセールスに回れる状況ではない。しかし、頑張らねば、との思いが勝ったのだろう。宿へ見舞いに来た知人が、どうしても帰りたくない、という賢治の言葉を「東京に住む気なのだ」と、いささか早計に解釈し、東京近郊に貸家を探したほどである。

結局、賢治の容態は回復せず、二十七日になって賢治は父の声を聞きたくなり、電話をした。驚いた父は、早速知人に連絡をとって列車の手配を頼んだ。賢治はその日の夜十時五十五分発の夜行列車で帰ることになる。二等寝台車が確保されていたはずだったが、賢治が降りてきたのは三等車だったという。

このとき夜汽車に揺られながら、賢治は何を思っただろう。同じように列車に揺られていた過去の場面を思い返すこともあったのではないだろうか。それは、かつて人生をともに歩む友と信じていた保阪嘉内との別れのあと、妹トシの危篤を理由にやはり汽車に乗って帰った場面だったか。その最愛の妹を亡くして北の果ての樺太に向かう孤独な汽車の旅の車窓だったか。あるいは淡い恋心を抱きながら、伊豆大島からの帰路、いささかの夢を見つつ汽車に揺られる場面だったろうか。それらの思いを束ねて、いつか完成させようとしていた「銀河鉄道の夜」の場面を構想していたのかもしれない。

自宅に戻って臥せった賢治には、机に向かう体力も無く、手紙も口述筆記を頼まざるをえない状況が続く。しかし、そんななかでも賢治はあふれ出る思いを手帳にしたためていた。

雨ニモマケズ手帳

その手帳が、いわゆる「雨ニモマケズ手帳」と呼ばれているものだ。その手帳のあちこちに、病気に苦しみ、祈りを捧げる賢治の姿が描きだされている。「南無妙法蓮華経」と記されたページがそこかしこにある。呼吸ができずに苦しみ、熱にうなされながら、なんとか御仏にすがろうとしていた賢治の思いだったのか。そして、十一月三日、倒れてから約一か月半後のページに、かの「雨ニモマケズ」が記されていた。あまりにも有名な作品ゆえに、あえてここでは解説をしようとは思わないが、病床の賢治が自らの理想像を、それまでの人生の軌跡と重ねながら書き留めた名作であることを否定する人はいないだろう。

その思想は彼の作品の多くに見え隠れする自己犠牲的な側面や皆の幸せをいちばんに考えるという賢治らしいものだった。ただ不幸なことに、その思想は、太平洋戦争中には滅私奉公に通じるものとして利用されてしまった。とくに「一日ニ玄米四合ト／味噌ト少シノ野菜ヲタベ／アラユルコトヲ／ジブンヲカンジョウニ入レズニ」のあたりは、質素倹約を謳(うた)う当時の政府の方針にぴたりと合致していた。さらに、あろうことか物資不足に悩む戦後の文部省は、ＧＨＱの指導の下、国語の教科書に掲載していた「雨ニモマケズ」の一節「一日ニ玄米四合」という部分を「一日ニ玄米三合」と書き換えてしまった。そんなことがあっても、これが賢治を最も有名にした作品となったことはまちがいない。

　戦時中であろうとなかろうと、この作品の迫力に圧倒される人は少なくないだろう。戦争に利用されたことで戦後になって、一時期、その評価について論争もあったが、現代でも依然として多くの人の人生に影響を与えつづけている。

　ところで、この「雨ニモマケズ」が日の目を見たのは偶然でもあった。賢治が亡くなった翌年の一九三四（昭和九）年二月十六日、賢治を慕う人びとが東京で「宮沢賢治友の会」を開催したことがあった。この会合に招かれたのが賢治の弟、宮沢清六である。彼は賢治が使っていた大きな茶色のトランクを持参したのだが、そのとき、そのトランクのポケットに、前述の両親に宛てた遺書と弟妹に宛てた遺書、そして手帳があることに気がついた。この手帳が「雨ニモマケズ手帳」であり、賢治を有名にする「雨ニモマケズ」という作品が世に出るきっかけとなったのである。

「雨ニモマケズ」は、こうして、賢治の死後に知られるようになったものだが、彼が病床にあったときに発表された作品にも触れておかなくてはならないだろう。まさに「雨ニモマケズ」にあるような自己犠牲の精神が、科学的知識とともに前面に出た童話がある。「グスコーブドリの伝記」である。

グスコーブドリの伝記

賢治の作品で、生前に世に出たものは少ない。その数少ない作品のひとつが「グスコーブドリの伝記」である。約十年もまえに原型となる「ペンネンネンネンネン・ネネムの伝記」という作品が書かれており、一九三一（昭和六）年頃に、「グスコーブドリの伝記*」とストーリーがほぼ同じ「グスコンブドリの伝記」が完成していた。十年もかけて作品を書き換えていくその姿勢は、いかにも賢治らしい。

主人公のブドリは、冷害による飢饉で親を亡くし、妹とも生き別れになってしまう。ひとり農家の手伝いをし、一生懸命本を読んで作物の勉強をするブドリ。しかし、その農家もやはり冷害と干ばつが続いたことでブドリを置いておくことができなくなり暇を出される。そこでブドリは読んだ本のなかで最も興味をもった本を書いたクーボー博士のもとへと向かう。そして、できたばかりの火山観測所に助手として採用された。次第に知識を得て、ブドリは観測所になくてはならないスタッフに成長していく。火山の爆発の危険性を察知し、被害をくい止めるために火山のわきに人工的な穴を開け、町のほうへ溶岩が流れないようにすることに成功するなどしてブドリは活躍する。だが、終盤、ブドリの両親の命を奪った冷害の足音がふたたび忍び寄ってくる。そしてブドリは決心する。自分の命をかけてでも、村や農民を守るのだと。彼は、火山を人工的に爆発させ、大量の火山ガスを放出させて、温暖化を起こし冷害を止めるのである。

火山に関する的確な理解や、二酸化炭素の放出による気温の上昇など、当時の最新の知識が作品に織りこまれているのには舌を巻くしかない。噴火させる火山の名をカルボナード島としているが、これは炭素（カルボン）をもとにしたものだろう。火山観測所の職員を主人公とするあたりは、賢治が科学者にあこがれていた証拠でもあるが、その根底にあるのは科学的な興味だけでなく、むしろ科学的知識を社会に、人びとの生活に還元するという視点だったのではないだろうか。

ただ、ひとつ気になるのは、書き換えられるまえの作品に比べると、最後があまりにあっさりと終わっていることだ。どちらが良い悪いではないが、ブドリがカルボナード島に向かって、ジ・エンドになるまでわずか数行しかない。これほどあっさりと終わってしまうと、どこかもの足りなささえ感じる。

この童話が「児童文学」第二冊に掲載され世に出たのは、一九三二（昭和七）年三月。作品を仕上げたのは、ちょうど「雨ニモマケズ」を手帳に書いた前後である。自らの死を見つめていた時期だ。作品を早く世に出したい気持ちが逸ったのだろうか。あるいは編集者から何度か書き直しを求められたが、病床にあってはあまり対応できず、このようにあっさりとした形になったのだろうか。

もうひとつ、別の考えも思い浮かぶ。苦しむ農民を助けるべく、肥料設計に東奔西走した賢治の姿と、本作品でのブドリの姿には重なるものがある。自ら犠牲となって、冷害を防いだラストシーンこそ、まさに病床にあった賢治が、その創造の過程で自らの理想の姿を追求したものだったのではないか。物語の結末は、けっして実現可能なものではなかったし、現在の技術をもってしても人工的に火山を爆発させることは難しい。それでも、進歩しつづける現代の科学は「人工気象」を実現して、冷害をくい止め、農家を豊かにしようとしている。賢治の思いは「グスコーブドリの伝記」に結実している。ただ、あまりにも非現実的な結末にしてしまったために、ある種の恥ずかしさから、あっさりと終わらせてしまったのだろうか。いずれにしろ、いまとなってはその真意はわからない。

*「グスコーブドリの伝記」の下書稿と言われる。成立年代については大正時代末頃という説もある。

第五章

そして、宇宙へ

皆の幸せを願い、自分を犠牲にしてもやれることをやろうという賢治の思想は、死を目前にしても揺らぐことはなかった。

その思いの結晶が、改稿をくり返しながらも、ついに完成を見ることなく、草稿の形で残された「銀河鉄道の夜」であろう。賢治といえば「銀河鉄道の夜」が真っ先に連想されるように、いまや彼の代表作となっているが、彼がこの最終稿で満足していたとは思えない。この作品については、多くの詳細な研究があり、いまさら私の出る幕ではないが、それらの研究成果を参照しながら、私なりの読み方をしてみたい。

第一次稿は一九二四（大正十三）年頃に書かれたとされている。つまり、まだ教師時代の元気な頃だ。そして大きな改訂がしばしば行われ、最終形と呼ばれる第四次稿は一九三一（昭和六）年頃に書かれたとされている。賢治がふたたび石に向かおうとする頃である。亡くなる一九三三（昭和八）年までに、出版するチャンスは幾度もあったはずだ。ところが、「グスコーブドリの伝記」のように、原稿を出版社に送った形跡はない。

作品が世に出たのは、賢治の死後、高村光太郎らによって一九三四（昭和九）年に刊行された『宮澤賢治全集』（文圃堂書店）に収載されたのが初めてだ。そして、この作品の原稿の推敲の過程を詳細に検討した研究者、編集者らの多大な努力によって、第一次稿から第三次稿までを経て第四次稿に至った経緯が明らかになったのは、一九七四（昭和四十九）年の

『校本　宮澤賢治全集』（筑摩書房）に収められてからである。それらの研究によれば、第四次稿も完成形ではなく、彼自身はまだ満足してはいなかった、と考えられている。晩年の二年間の病床で改稿した証拠はないが、まだ何かが足りないと思っていたのかもしれない。

しかし、少なくとも「銀河鉄道の夜」が「グスコーブドリの伝記」よりも賢治の思想と科学的知識、それも天文学に関する知識とがいっそう昇華された代表作となっていることについては疑う余地はない。

たとえば、その冒頭、主人公のジョバンニが教室で授業を受けるシーンがある。

「ではみなさんは、さういふふうに川だと云はれたり、乳の流れたあとだと云はれたりしてゐたこのぼんやりと白いものがほんたうは何かご承知ですか。」先生は、黒板に吊した大きな黒い星座の図の、上から下へ白くけぶった銀河帯のやうなところを指しながら、みんなに問をかけました。

ジョバンニと友人のカムパネルラが順に先生に指名されるが、いずれも答えられない。だが、このふたりはカムパネルラの家で、父の博士の書斎にあった本をいっしょに読んだことがあり、ふたりとも答えは知っていたはずだった。そして、先生は中にたくさん光る砂のつぶの入った大きな両面の凸レンズを指しました。
「天の川の形はちょうどこんななのです。（後略）」

と、先生は、自ら天の川の正体の説明をするのである。現在でこそ、天の川がわれわれの住む銀河系を内側から見た星の集まりであることは常識である。だが、賢治の時代には、それほど知られていた知識ではなかった。賢治が読んだであろうとされている『肉眼に見える星の研究』においてさえ、見え方の解説はあっても、その構造に関する記述はほとんど見あたらない。それを、凸レンズをもちだして説明するところは現代の天文学入門書の記述そのものである。

これから旅をする天の川の天文学上の正体を、ここで読者に知らせる必要があったのだろうか。むろん天文学者としては人びとに正しい知識をもってもらうのはありがたいが、これから始まる空想上の鉄道の旅にそぐわないのではないか。私はそんなふうに思っていた。実際、この部分は、第三次稿までは存在しなかった。もしかすると、賢治自身もある時点で天の川の正体を知って驚き、その知見を最終稿に挿入したのかもしれない。科学者になりたいとも思っていた賢治の思いがこめられた冒頭部分とは言えないだろうか。

星座早見

この授業のエピソードのあと、物語の前提となる、主人公をとりまく状況を読者に伝えるストーリーへと入っていく。

ジョバンニは学校から帰る途中で、祭りの支度をする町のなかを通りぬけて、活版所に向かう。ここで、活字を拾う仕事をするのだ。そして小さな銀貨をひとつもらうと、活版所を飛びだしてパンと角砂糖を買って家に向かう。家には病気がちの母がいる。父は家を空けていて、漁に出ているのか、監獄に入っているのか判然としない、母との微妙な会話が交わされる。また、カムパネルラだけは悪口を言わない親友だということもここで明かされる。ジョバンニは牛乳が来ていないことに気づいて、母とこんな会話をしている。


「さうだ。今晩は銀河のお祭だねえ。」

「うん。ぼく牛乳をとりながら見てくるよ。」

「あゝ行っておいで。川へははいらないでね。」


と、物語の最後をにおわせるフレーズが挿入されている。こうして、自分が機関車になったような気分で歩くジョバンニは、いじめっ子のザネリとすれちがい、冷たい言葉をかけられる。悲しい気分になりながらも歩きつづけ、明るくネオン燈が灯った時計店の店先で立ち止まると、その日の授業を思いだしながら、「青いアスパラガスの葉で飾った黒い星座早見」をしばらく夢中で眺めるのだ。

それはひる学校で見たあの図よりはずうっと小さかったのですがその日と時間に合せて盤をまはすと、そのとき出てゐるそらがそのまゝ楕円形のなかにめぐってあらはれるやうになって居りやはりそのまん中には上から下へかけて銀河がぼうとけむったやうな帯になってその下の方ではかすかに爆発して湯気でもあげてゐるやうに見えるのでした。

賢治の時代、星座早見そのものがめずらしかった。なにしろ、前述したように、当時日本には、三省堂から出されていた日本天文学会編のものしかなかったのだ。それゆえ星座早見の形状について詳細な説明が必要だったのだろう。これと同じ星座早見は、現在の国立天文台にもひとつだけ残されているのだが、確かに星の描かれている台紙は黒色で、それに重ねあわせてある楕円形の窓のあいた青色の台紙を日時に合わせて回転させれば、そのとき見える星空が窓にあらわれる仕組みである。まさに「黒い星座早見」なのである。
さらに時計店には星座早見だけでなく、

三本の脚のついた小さな望遠鏡が黄いろに光って立ってゐましたしいちばんうしろの壁には空ぢゅうの星座をふしぎな獣(けもの)や蛇や魚や瓶の形に書いた大きな図がかかってゐました。

とある。前者はいうまでもなく三脚に載った典型的な天体望遠鏡であり、後者は恒星だけでなく、神話に登場する星座の由来になった神々などを絵にした、いわゆる星座図絵である。これらも、いまでこそ科学館やプラネタリウムなどの売店にふつうに売っているが、当時、それほど普及していたとは思えない。賢治は上京した折などに、そうしたものを置いている時計店をのぞいたことがあるのではないだろうか。星座図絵の記述も賢治らしく、星座のモチーフになる個々のアイテムまで正確だ。

その後、ジョバンニは牛乳屋に向かったが牛乳は受けとれず、帰りがけにまたザネリらのグループと出会い、からかわれる。その一行のなかにカムパネルラの姿を見たジョバンニは、ショックを受け、黒い丘へ向けて駆けだす。そうして、天の川の見える頂にやってくると、「天気輪の柱」の下で「どかどかするからだを、つめたい草に投げ」だした。

そこから汽車の音が聞えてきました。その小さな列車の窓は一列小さく赤く見え、その中にはたくさんの旅人が、苹果（りんご）を剝（む）いたり、わらったり、いろいろな風にしてゐると考へますと、ジョバンニは、もう何とも云へずかなしくなって、また眼をそらに挙げました。

都会のなかの電車ではない。田舎を走る汽車である。しかも現代より街灯も少ない夜の闇を走る列車であれば、その窓から漏れる光はさぞかし目立ったことだろう。夜、明るい車窓から漏れる光を眺め、その中にいる人たちがなんだか幸福そうに見え、蚊帳の外にいる自分が惨めに思える、そんな経験はだれにでもあるにちがいない。

幻想の世界への旅立ち

賢治はまず、現実世界では汽車に乗っていないジョバンニの思いを明確にさせたうえで、幻想世界への飛躍を仕掛けている。その飛躍の瞬間は、寝転んで、天の川を眺めているうちに訪れる。

そしてジョバンニは青い琴の星が、三つにも四つにもなって、ちらちら瞬き、脚が何べんも出たり引っ込んだりして、たうたう蕈（きのこ）のやうに長く延びるのを見ました。

天気輪の柱が輝く三角標になると同時に、「銀河ステーション」という声が聞こえてくる。

まるで億万の蛍烏賊（ほたるいか）の火を一ぺんに化石させて、そら中に沈めたといふ工合、またダイアモンド会社で、ねだんがやすくならないために、わざと穫れないふりをして、かくして置いた金剛石を、誰かがいきなりひっくりかへして、ばら撒いたといふ風に、眼の前がさあっと明るくなって、ジョバンニは、思はず何べんも眼を擦ってしまひました。

気がついてみると、さっきから、ごとごとごとごと、ジョバンニの乗ってゐる小さな列車が走りつづけてゐたのでした。

カムパネルラとの旅

いつのまにか列車に乗っていたジョバンニが、ふと気づくのが、親友カムパネルラの姿だった。

すぐ前の席に、ぬれたやうにまっ黒な上着を着た、せいの高い子供が、窓から頭を出して外を見てゐるのに気が付きました。そしてそのこどもの肩のあたりが、どうも見たことのあるやうな気がして、さう思ふと、もうどうしても誰だかわかりたくて、たまらなくなりました。いきなりこっちも窓から顔を出さうとしたとき、俄(にわ)かにその子供が頭を引っ込めて、こっちを見ました。

それはカムパネルラだったのです。

驚いたジョバンニがまえからここにいたのかと聞こうとすると、先にカムパネルラがつぶやく。

「みんなはねずゐぶん走ったけれども遅れてしまったよ。ザネリもね、ずゐぶん走ったけれども追ひつかなかった。」

この言葉の意味は、幻想世界から現実世界へ戻る物語の終わりでわかる仕組みだ。

カムパネルラは、なぜかさう云ひながら、少し顔いろが青ざめて、どこか苦しいといふふうでした。するとジョバンニも、なんだかどこかに、何か忘れたものがあるといふやうな、おかしな気持ちがしてだまってしまひました。

そして、場面は銀河、つまり天の野原を旅する雰囲気へと切り替わる。一挙に、現実の旅の風景と幻想の旅の風景とが混じりあう物語へ突入する。

ところがカムパネルラは、窓から外をのぞきながら、もうすっかり元気が直って、勢よく云ひました。

「あゝしまった。ぼく、水筒を忘れてきた。スケッチ帳も忘れてきた。けれど構はない。もうぢき白鳥の停車場だから。ぼく、白鳥を見るなら、ほんたうにすきだ。川の遠くを飛んでゐたって、ぼくはきっと見える。」そして、カムパネルラは、円い板のやうになった地図を、しきりにぐるぐるまはして見てゐました。まったくその中に、白くあらはされた天の川の左の岸に沿って一条の鉄道線路が、南へ南へとたどって行くのでした。そしてその地図の立派なことは、夜のやうにまっ黒な盤の上に、一一の停車場や三角標、泉水や森が、青や橙や緑や、うつくしい光でちりばめられてありました。ジョバンニはなんだかその地図をどこかで見たやうにおもひました。

当時、旅の記録といえば写真ではなくスケッチ帳だ。飲料の自動販売機がどこにでもあるような時代でもない。のどを潤すお茶や水を入れる水筒も旅の必需品だった。それでも、カムパネルラはかまわない、と言う。だいじなのは銀河鉄道の道筋を示す黒曜石でできた地図だった。そのまるい板を、ぐるぐるまわして見ること、背景が夜のように真っ黒なこと、それをジョバンニがどこかで見たように思うこと。読者ももうおわかりだろう。まさしく星座早見である。銀河鉄道に乗るまえ、ケンタウル祭で賑やかな町の時計店の店先で、ジョバンニが見入ったあの黒い星座早見が伏線になっている。

カムパネルラが手にした地図を見て、ジョバンニは自分たちがいるのが「白鳥と書いてある停車場」の北側だということに気づいた。天の川のなかを飛んでいる姿に描かれる、はくちょう座である。ジョバンニはこの列車が、銀河のなかを走っていることがもうわかっているようだった。

「さうだ。おや、あの河原は月夜だらうか。」そっちを見ますと、青白く光る銀河の岸に、銀いろの空のすゝきが、もうまるでいちめん、風にさらさらさらさら、ゆられてうごいて、波を立ててゐるのでした。

「月夜でないよ。銀河だから光るんだよ。」

地上から見ることのできる天の川のほんとうの明るさを、実感したことのある読者は多くはないかもしれない。私はオーストラリアのアウトバックと呼ばれる砂漠地帯で、人工光の影響のまったくない夜を体験したことがある。天の川の中心部、銀河中心と呼ばれる領域がオーストラリアでは天頂にやってくるが、月の光さえなければ、その天の川の明るさで、自分の影ができるほどなのだ。賢治が生きていた時代の花巻郊外には、おそらくそんな夜空が残っていたはずだ。ジョバンニの「銀河だから光る」という言葉は、けっして誇張ではないのである。

天の野原

明るい銀河の光に包まれ、鉄道は幻想空間を走っていく。そして、車窓を流れる景色の説明が次のように挿入されている。

けれどもだんだん気をつけて見ると、そのきれいな水は、ガラスよりも水素よりもすきとほって、ときどき眼の加減か、ちらちら紫いろのこまかな波をたてたり、虹のやうにぎらっと光ったりしながら、声もなくどんどん流れて行き、野原にはあっちにもこっちにも、燐光の三角標が、うつくしく立ってゐたのです。遠いものは小さく、近いものは大きく、遠いものは橙や黄いろではっきりし、近いものは青白く少しかすんで、或ひは三角形、或ひは四辺形、あるひは電(いなずま)や鎖の形、さまざまにならんで、野原いっぱい光ってゐるのでした。

ここで、宇宙に浮かぶ星が、光る三角標に見立てられていることに注意してほしい。三角標は、ジョバンニが幻想世界に入りこむ、天気輪の丘の場面でも登場している。「天気輪の柱がいつかぼんやりした三角標の形になって」光りだすのだ。

三角標とは、測量で使われる三角点に関係する用語で、なじみがない方が多いかもしれない。賢治が生きていた時代には、正確な地図を作成するために日本全国でさかんに三角測量が行われており、その基準となる三角点が決められていった。そして、三角点同士の方角を定めるため、おのおのの三角点の上に四角錐型の櫓（やぐら）を建て、その上に鏡を置いて太陽光を反射させ、測量を進めていったのである。この時代には、ちょうど岩手県のあたりの測量がなされており、賢治は、その櫓を実際に目撃していると推察される。三角標は盛岡中学時代の賢治の短歌にも登場している。

雲くらく東に畳み
岩山の
三角標も見えわかぬなり

この岩山は盛岡市にある山で、そこには二等三角点が実在する。私が勤める国立天文台の三鷹キャンパス構内にも一等三角点が存在し、その上に櫓が組まれている写真も残されている。この櫓は正式には「三角覘標（てんぴょう）」と呼ばれていたが、明治中期には陸軍省参謀本部測量局の文献において一時期「三角標」と記され、その後、公式には使われなくなったものの、登山家などのあいだではこの三角標という言葉が使われ続けていた*。

賢治は、登山にも親しんでいたので、三角測量や三角点などに関しても見識は深かったはずで、三角標という言葉にも中学時代には触れていただろう。

作品のなかで、星を三角標に見立てたところも賢治らしい。三角覘標に設置された太陽光反射装置（回照器）が光るところは、まさに星の光そのものといえる。また、同じ三角覘標でも櫓の大きさは大小さまざまで、しかも三角点の測量上の重要度によって一等から五等までランクづけされているところも、星の等級と同じである。さらに賢治は、天文学でも三角測量の応用で恒星までの距離が測定されていることも知っていたはずだ。実際、賢治の時代には、すでに数多くの恒星について、地球からの距離が推定されていた。何よりも理科が好きで鉄道や天文学をよく理解していた賢治である。地上の測量観測網の要となる三角覘標を、宇宙の距離測定の要である星に結びつける発想は、自然に湧いてきたにちがいない。色とりどりの燐光を発する大小の三角標がちりばめられた車窓の景色に見とれて、ジョバンニはつぶやく。

「ぼくはもう、すっかり天の野原に来た。」

＊「『銀河鉄道の夜』の用語『三角標』の謎――宮沢賢治の地図や測量への関心をめぐって」（米地文夫　総合政策　第13巻　第2号　2012）

りんどうの花

銀河鉄道が走る天の野原には、もうひとつ景色を彩る重要なアイテムも登場する。それは、りんどうである。車窓から外を眺めていたカムパネルラが窓の外を指さしてつぶやく。

「あゝ、りんだうの花が咲いてゐる。もうすっかり秋だねえ。」

線路わきの芝草のなかに、「月長石(げっちょうせき)ででも刻まれたやうな、すばらしい紫のりんだうの花が咲いて」いた。ジョバンニは、その言葉に応じるように、飛びおりて取ってこよう、と言う。カムパネルラは、しかし、その申し出を断る。

「もうだめだ。あんなにうしろへ行ってしまったから。」

だが、りんどうはその一輪だけではなかった。

カムパネルラが、さう云ってしまふかしまはないうち、次のりんだうの花が、いっぱいに光って過ぎて行きました。

と思ったら、もう次から次から、たくさんのきいろな底をもったりんだうの花のコップが、湧くやうに、雨のやうに、眼の前を通り、三角標の列は、けむるやうに燃えるやうに、いよいよ光って立ったのです。

りんどうは釣り鐘のような形をした青紫色の花をつける植物である。底のほうには、白色から黄色のおしべ、めしべがある。もともと群生することは少なく、ススキなどの原っぱとか田んぼのあぜ道などに、ぽつんと咲いていたりすることが多い。開花時期が秋ということもあり、どちらかといえば寂しげな花という印象が強い。賢治は、天の川という幻想空間の野原に、輝く三角標と、「次から次から」と、まるで群生しているような、りんどうのようすを描きだすことで、車窓から見える景色を効果的に彩らせている。また、りんどうの花の色を月長石という鉱物でたとえているところも賢治らしい。月長石はムーンストーンとも呼ばれ、青白く輝く美しい鉱物で、宝石として扱われることも多い。幻想空間を彩る花という意味では、りんどうはぴったりだったかもしれない。

ただ、このりんどうには、もっと深い賢治の思いがあった可能性がある。寂しげなりんどうの花が群れて車窓を通りすぎる描写のあと、唐突に「北十字とプリオシン海岸」の章に移り、カムパネルラがふいに、自身の心情を吐露するからだ。

「おっかさんは、ぼくをゆるして下さるだらうか。」

いきなり、カムパネルラが、思ひ切ったといふやうに、少しどもりながら、急きこんで云ひました。

カムパネルラの思いはせつない。友人を助けようと川に入って、天国へ旅立とうとしている途中である。その思いをジョバンニは受けとりきれない、というよりも、彼の状況を理解しているわけではない。ジョバンニは自分なりに思う。

(あゝ、さうだ、ぼくのおっかさんは、あの遠い一つのちりのやうに見える橙いろの三角標のあたりにゐらっしゃって、いまぼくのことを考へてゐるんだった。)と思ひながら、ぼんやりしてだまってゐました。

りんどうの花言葉には「悲しむあなたを思う、愛する」「永遠の愛」などがあるそうだ。その花の凛(りん)とした姿や青紫の色から、正義や誠実さの象徴だとされることもあるという。まさに、母を思う場面には最適な花である。そういう思いを賢治がりんどうに込めたように思われてならない。帝京平成大学の石井竹夫は万葉集、源氏物語、そして『野菊の墓』などに取りあげられたりんどうの用例を引きながら、「カムパネルラが悲しく思う母への『思い』の暗喩であり、母への『思い』を友人のジョバンニに伝える手段として使われている」と指摘している。「湧くやうに、雨のやうに」あふれる母への思いを、群生したりんどうに託したのだ*。

いまでは見かけることも少なくなったりんどうだが、賢治は実際に野山を歩きまわって、花の姿を目にしていたにちがいない。そのりんどうを幻想世界の鉄道沿線の重要なアイテムに仕立てあげたのである。

*「宮沢賢治の『銀河鉄道の夜』に登場する『りんだうの花』と悲しい思い」(人植関係学誌 第13巻 第1号19-22ページ 2013)

はくちょう座

りんどうが、少年たちの母へのあふれる思いを代弁するなか、白鳥の島が見えてくる。島には白く輝く十字架がたっており、どこからともなく「ハルレヤ」の声が聞こえてくる。この十字架こそ、はくちょう座そのものである。実際、はくちょう座を眺めると、それは明るい星で構成される十字架のように見える。日本では十文字星という言い方があるほどで、羽の方向にのびた星と、頭部から尾部までのびた星々が、とても均整のとれた配列になっている。

俄かに、車のなかが、ぱっと白く明るくなりました。見ると、もうじつに、金剛石や草の露やあらゆる立派さをあつめたやうな、きらびやかな銀河の河床の上を水は声もなくかたちもなく流れ、その流れのまん中に、ぼうっと青白く後光の射した一つの島が見えるのでした。その島の平らないただきに、立派な眼もさめるやうな、白い十字架がたって、それはもう凍った北極の雲で鋳たといったらいゝか、すきっとした金いろの円光をいただいて、しづかに永久に立ってゐるのでした。

「ハルレヤ、ハルレヤ。」前からもうしろからも声が起りました。

賢治が、銀河鉄道の旅のはじまりにはくちょう座を、そして終着駅にみなみじゅうじ座を選んだのには、きわめて深い意味がある。単純に目立つ星座ということだけではない。はくちょう座は、その均整のとれた形から「北十字」と呼ばれているからだ。

カムパネルラも、途中から乗車してくる沈没したタイタニック号の乗客だった三人もいわば死出の旅路を行く設定である。仏教でいえば、三途の川を渡る旅、キリスト教でいえば神に召される旅だ。宗教に造詣が深かった賢治ならではの構成である。終着点だけでなく、出発点も、まさにキリスト教の象徴ともいえる「十字架」においた。賢治は銀河鉄道を北十字から南十字へ向かう路線にしたのである。

北十字を通りすぎ、キリスト教の祈りの場面が過ぎると、やがて「白鳥の停車場」に到着する。この銀河鉄道の最初の停車場、白鳥の停車場で、二十分間ほど停車時間があることになっている。賢治は、この二十分を使って、ジョバンニとカムパネルラを汽車から降ろして、不思議な体験をさせる。

さわやかな秋の時計の盤面には、青く灼かれたはがねの二本の針が、くっきり十一時を指しました。みんなは、一ぺんに下りて、車室の中はがらんとなってしまひました。
〔二十分停車〕と時計の下に書いてありました。
「ぼくたちも降りて見やうか。」ジョバンニが云ひました。
「降りやう。」

こうしてふたりは汽車のドアを飛びだして、だれもいない改札口を通りぬけ、水晶細工のように見える銀杏（いちょう）の木に囲まれた小さな広場に出た。そして、そこからまっすぐに「銀河の青光の中へ」続く道をたどって、汽車から見えたきれいな河原にやってくる。

なにしろ、ここは天の川の河原だ。手ですくい取る砂は水晶で、「中で小さな火が燃えてゐる」のだ。それは天の川に埋もれて一つひとつは天体望遠鏡でしか見えないような暗い恒星たちを意識しているのだろう。また、河原の小石も変わっていた。「みんなすきとほって、たしかに水晶や黄玉や、またくしゃくしゃの皺曲（しゅうきょく）をあらはしたのや、また稜（かど）から霧のやうな青白い光を出す鋼玉やら」だった。

天の川に散らばる明るめの恒星は色とりどりである。水晶のように白い星から、青白い星、そしてのちにあらわれるさそり座のアンタレスのように赤い星まで、じつにバラエティに富んでいる。それらの色の美しさを地上の鉱物や宝石にたとえていて、いわば「石っこ賢さん」の知識が総動員されている。「銀河鉄道の夜」に限らず、賢治作品に鉱物の名称が頻繁に登場しているのは周知のとおりだ。

そして、河原でジョバンニは、走って渚（なぎさ）に行き、天の川の水に手を浸す。

けれどもあやしいその銀河の水は、水素よりももっとすきとほってゐたのです。それでもたしかに流れてゐたことは、二人の手首の、水にひたったとこが、少し水銀いろに浮いたやうに見え、その手首にぶっつかってできた波は、うつくしい燐光をあげて、ちらちらと燃えるやうに見えたのでもわかりました。

旅をしていると、ときどき海や大きな川に出合う。そんなとき、砂浜や河原に下りて、そこに手を浸してみたい思いに駆られることが確かにある。おそらく、賢治自身も、北上川を何度も歩き、その水の流れに手を浸したことだろう。

プリオシン海岸

このあと、ふたりは不思議な光景を目にする。

川上の方を見ると、すすきのいっぱいに生えてゐる崖の下に、白い岩が、まるで運動場のやうに平らに川に沿って出てゐるのでした。そこに小さな五六人の人かげが、何か掘り出すか埋めるかしてゐるらしく、立ったり屈んだり、時々なにかの道具が、ピカッと光ったりしました。

興味を引かれたふたりは、そちらへ向かう。白い岩がはじまるあたりに「プリオシン海岸」という、「瀬戸物のつるつるした標札」が立っていて、「細い鉄の欄干」や「木製のきれいなベンチ」もある、整備された風景が出現する。ここでカムパネルラが、クルミの実を拾う。それも化石になったものだ。

「おや、変なものがあるよ。」カムパネルラが、不思議さうに立ちどまって、岩から黒い細長いさきの尖ったくるみの実のやうなものをひろひました。

「くるみの実だよ。そら、沢山ある。流れて来たんぢゃない。岩の中に入ってるんだ。」
「大きいね、このくるみ、倍あるね。こいつはすこしもいたんでない。」

賢治が北上川で見つけたクルミの化石については、第三章94ページでも紹介した。このときの経験をもとに、賢治はジョバンニとカムパネルラに、クルミの実を拾わせ、そして早坂博士と思われる学者先生が、プリオシン海岸で発掘するようすを物語に組みこんだ。

だんだん近付いて見ると、一人のせいの高い、ひどい近眼鏡をかけ、長靴をはいた学者らしい人が、手帳に何かせわしさうに書きつけながら、鶴嘴をふりあげたり、スコープをつかったりしてゐる、三人の助手らしい人たちに夢中でいろいろ指図をしてゐました。
「そこのその突起を壊さないやうに、スコープを使ひたまへ、スコープを。おっと、も少し遠くから掘って。いけない、いけない。なぜそんな乱暴をするんだ。」

そこから掘りだされているのは、「大きな青じろい獣の骨」であった。蹄(ひづめ)の足跡のついた岩に番号が振られているのも実際の発掘現場を忠実に再現している。ジョバンニとカムパネルラは、学者先生とわずかに会話を交わす。標本にするのか尋ねたところ、学者先生は、次のように答えた。

「いや、証明するに要るんだ。ぼくらからみると、ここは厚い立派な地層で、百二十万年ぐらゐ前にできたといふ証拠もいろいろあがるけれども、ぼくらとちがったやつからみてもやっぱりこんな地層に見えるかどうか、あるひは風か水やがらんとした空かに見えやしないかといふことなのだ。わかったかい。(後略)」

賢治は、自分の経験をもとに、ジョバンニとカムパネルラをわざわざ銀河鉄道から降ろし、天の川に手を浸すだけでなく、クルミの実を拾わせ、百二十万年前の地層から化石を発掘する現場の話を挿入している。このクルミの一件は、賢治が文壇で認められることもなく、作品も売れず、順調だった教師生活にも疑問をもちつつあった頃のことだ。草野心平に宛てて、自分をサイエンティストとして認めてほしいと書いたのもこの頃だ。賢治自身の心情が大きく揺らぎ、早坂博士のように科学研究での貢献をしたいという思いがあったであろうことは想像に難くない。少なくとも私には、そう思える。賢治の思いが、この挿話につながったのではないだろうか。

この部分については、別の考察もある。ある研究者によれば、これら一連の話はすべて銀河、つまり天の川（ミルキーウェイ）に通じているという。

オオバタグルミは絶滅してしまったが、現存するバタグルミはバターの味がする。つまり乳の道にふさわしい。さらには発掘されていた獣は、学者先生の話では牛の先祖である。[*]博識な賢治のことだ。じつは、すべてが乳の道と通じていると考えていたのかもしれない。

しかし、銀河鉄道の発車時刻は迫っている。カムパネルラが地図と腕時計を見くらべながら、「もう時間だよ。」と言って、ふたたび銀河鉄道に戻るのである。

＊「宮沢賢治の『銀河鉄道の夜』に登場するクルミの実の化石（後編）」（石井竹夫　人植関係学誌　第15巻第1号35-38ページ　2015）

鳥たちの星

天の川のほとりで行われていた発掘作業を見たあと、ふたたび銀河鉄道に乗りこんだふたりを待っていたのは、不思議な人物「鳥捕り」との出会いである。

「ここへかけてもようございますか。」

がさがさした、けれども親切さうな、大人の声が、二人のうしろで聞えました。

茶色の古ぼけた外套を着て、白い巾(きれ)で包んだふたつの荷物を持った赤ひげの人物だ。自分は鳥を捕る商売だという、この人物と不思議な会話が続く。どんな鳥を捕るのか、と聞くと、四種類の鳥の名を挙げる。鶴、雁(がん)、鷺(さぎ)、白鳥である。このうち、星座として実在するのは、つる座とはくちょう座だけである。雁と鷺の星座はないのだが、じつは鷺は天の川とは深い関係にある。

七夕伝説で織り姫と彦星のあいだを分かつ天の川に橋を架けるのが「かささぎ」である。ところが、かささぎは日本には飛来することが少なく、鷺の一種と考えられていた節がある。たとえば、京都の八坂神社の祇園祭で披露される鷺舞は、もともとは七夕伝説のかささぎをあらわしたものだったが、その姿がよくわからなかったために、笠をかぶった白い鷺をかささぎに見立てて奉納されたものだという。その意味では、賢治が天の川に沿った鉄道に鷺を登場させたのは、もしかすると七夕伝説の一部を織りこむ意図があったためかもしれない。

鳥捕りは、それらの鳥を食べるために捕獲するのだと説明する。包みを解いて雁の一部を差しだし、ふたりに試食させたりしていたが、そのうち急に姿を消してしまう。と、窓の外で鳥捕りが、実際に鳥を捕るようすが描かれる。いっぽう、鳥捕りに捕まえられずに、無事に天の川の砂の上に降りた鷺のようすもおもしろい。

> それは見てゐると、足が砂へつくや否や、まるで雪の融けるやうに、縮まって扁（ひら）べったくなって、間もなく溶鉱炉から出た銅の汁のやうに、砂や砂利の上にひろがり、しばらくは鳥の形が、砂についてゐるのでしたが、それも二三度明るくなったり暗くなったりしてゐるうちに、もうすっかりまはりと同じいろになってしまふのでした。

これはまえの章と深く関係する。プリオシン海岸で発掘していたのは化石である。生物が一定の条件の下で石化したものだ。賢治はここで鷺などの鳥も同じように大地と一体化することを暗示しようとしたのではないだろうか。少なくとも私にはそう思える。

鳥捕りはまたたくまに銀河鉄道の車内に戻ってくる。いわば瞬間移動である。この瞬間移動は三次元空間では不思議なことだが、賢治の描く「幻想第四次」の世界では、なんの不思議もない。


「どうしてあすこから、いっぺんにこゝへ来たんですか。」ジョバンニが、なんだかあたりまへのやうな、あたりまへでないやうな、おかしな気がして問ひました。

「どうしてって、来やうとしたから来たんです。（後略）」


賢治は、この鳥捕りに、もうひとつだいじな役割をもたせている。ジョバンニとカムパネルラが、どこからきてどこへ行くのかを聞きだす役割だ。そのシーンはこの章「鳥を捕る人」の冒頭と最後に挿入されている。並べてみると、よくわかるだろう。

まずは、冒頭部分。


「あなた方は、どちらへ入らっしゃるんですか。」

「どこまでも行くんです。」ジョバンニは、少しきまり悪さうに答へました。

「それはいいね。この汽車は、じっさい、どこまででも行きますぜ。」

そして最後の部分である。

「(前略) ぜんたいあなた方は、どちらからおいでですか。」

ジョバンニは、すぐ返事しやうと思ひましたけれども、さあ、ぜんたいどこから来たのか、もうどうしても考へつきませんでした。カムパネルラも、頰をまっ赤にして何か思ひ出さうとしてゐるのでした。

「あゝ、遠くからですね。」鳥捕りは、わかったといふやうに雑作なくうなづきました。

この会話が示す深い意味は、次の章で明かされる。

アルビレオの観測所

途中で乗りこんできた奇妙な人物、鳥捕りとやりとりをしているうち、銀河鉄道の列車は、はくちょう座を想定した「白鳥区」を出ようとしていた。そこに登場するのが「アルビレオの観測所」である。作中では測候所とも称されているが、確かに当時の緯度観測所では気象観測も行っていた。賢治は一九二四（大正十三）年に、当時の水沢町（のちに水沢市。合併により現在は奥州市）にあった緯度観測所（現、国立天文台水沢ＶＬＢＩ観測所*）を訪問している。

「もうこゝらは白鳥区のおしまひです。ごらんなさい。あれが名高いアルビレオの観測所です。」

黒い大きな建物が四棟あり、そのひとつの平屋根の上に、アルビレオを登場させる。

眼もさめるやうな、青宝玉（サファイア）と黄玉（トパース）の大きな二つのすきとほった球が、輪になってしづかにくるくるとまはってゐました。

アルビレオは、はくちょう座の最も南側、白鳥のくちばしに位置する三等星である。地球からは約四百三十光年の距離にある。肉眼ではなんの変哲もない恒星に見えるが、天体望遠鏡を向けると、ふたつの星が接近して輝く二重星である。見かけで約三四・五秒角ほど離れており、明るいほうの星（Ａ）が黄色から金色に、暗いほうの星（Ｂ）が青い色に見える。色の対比がまるで宝石のようにみごとなため、全天一美しい二重星として昔から有名である。

吉田源治郎著『肉眼に見える星の研究』では、「連星中の大きな方の星は三等星で、色は、トパーヅのやうな黄色に輝き、小さい方は、サフワイアのやうな碧色(へきしょく)をしてゐます」と表現されており、同時代にアルビレオについて解説した書籍はほかにはない。

アルビレオには実際にはもっと複雑な事情がある。トパーズ色の主星A自身が接近した連星なのである。主星Aをよくよく調べると、〇・四〇秒角ほど離れた位置に主星より約三・四等ほど暗い星が存在しており、周期約二百年程度で回っている。つまり厳密にいうとアルビレオは三重星なのである。

いっぽうのサファイア色のアルビレオBは、現代天文学でも、主星Aと回りあう連星系をなしているのか、あるいはたまたま同じような方向、距離にあるだけの見かけ上の二重星なのか、じつはよくわかっていなかった。アルビレオAとBとの現在の距離は約六千億キロメートル、〇・一光年弱であり、もし連星系なら、その軌道周期は約十万年程度になる。少なくとも一万年程度この両星を観測していれば、連星かどうかがわかるはずだが、最近の研究では、同じ起源をもつ運動星団のメンバーではあるが連星ではない、と考えられている。

いずれにしろ、当時は、アルビレオはAとBの連星と思われていた。ふたつの星がお互いに回りあい、重なりあう、いわゆる食現象のようすを、測候所の風速計にたとえ、賢治は次のように美しく表現している。

黄いろのがだんだん向ふへまはって行って、青い小さいのがこっちへ進んで来、間もなく二つのはじは、重なり合って、きれいな緑いろの両面凸レンズのかたちをつくり、それもだんだん、まん中がふくらみ出して、たうたう青いのは、すっかりトパースの正面に来ましたので、緑の中心と黄いろな明るい環とができました。それがまただんだん横へ外れて、前のレンズの形を逆に繰り返し、たうたうすっとはなれて、サファイアは向ふへめぐり、黄いろのはこっちへ進み、また丁度さっきのやうな風になりました。

鳥捕りは、鉄道に乗り慣れているとでもいうように、それを眺めると、「水の速さをはかる器械です。」とジョバンニたちに説明するのである。

＊水沢ＶＬＢＩ観測所は、一八九九年に水沢臨時緯度観測所として発足し、初代所長、木村

榮（ひさし）による地球の揺らぎ「Z項」の発見などで有名である。現在では国立天文台の主要施設のひとつとして、VLBI観測施設や電波望遠鏡が置かれるほか、奥州宇宙遊学館では一般の方々が楽しく宇宙科学に接することができる。

四次元空間

アルビレオの観測所を通りすぎると、やってくる登場人物がいる。車掌である。赤い帽子をかぶった背の高い人物だ。検札にきたのだ。

「切符を拝見いたします。」

という言葉に促され、話をしていた鳥捕りは、小さな紙きれを差しだす。と、車掌はジョバンニたちにも切符を出すように促す。カムパネルラは小さな鼠（ねずみ）色の切符を差しだした。さて、困ったのはジョバンニである。切符を買った記憶などない。すっかりあわてたふうに、上着のポケットに手を入れると、何か大きなたたんだ紙きれに行きあたる。

こんなもの入ってゐたらうかと思って、急いで出してみましたら、それは四つに折ったはがきぐらゐの大さの緑いろの紙でした。車掌が手を出してゐるもんですから何でも構はない、やっちまへと思って渡しましたら、車掌はまっすぐに立ち直って叮寧(ていねい)にそれを開いて見てゐました。そして読みながら上着のぼたんやなんかしきりに直したりしてゐましたし燈台看守も下からそれを熱心にのぞいてゐましたから、ジョバンニはたしかにあれは証明書か何かだったと考へて少し胸が熱くなるやうな気がしました。

そして車掌は、ジョバンニに尋ねる。

「これは三次空間の方からお持ちになったのですか。」

ジョバンニが「何だかわかりません。」と言うと、車掌は納得したように

「よろしうございます。南十字(サウザンクロス)へ着きますのは、次の第三時ころになります。」

と言って、行ってしまうのだ。

それを見ていた鳥捕りも、カムパネルラも、その紙きれが気になってしかたがない。ところが、それは「いちめん黒い唐草のやうな模様の中に、おかしな十ばかりの字を印刷したもの」だった。ジョバンニには理解できなかったものの、鳥捕りはすごいものを見たと、次のように述べるのである。

「おや、こいつは大したもんですぜ。こいつはもう、ほんたうの天上へさへ行ける切符だ。天上どこぢゃない、どこでも勝手にあるける通行券です。こいつをお持ちになれぁ、なるほど、こんな不完全な幻想第四次の銀河鉄道なんか、どこまででも行ける筈(はず)でさあ、あなた方大したもんですね。」

このあたりの表現こそ、賢治がいかに最新の科学に造詣が深かったかを示す部分である。三次空間は三次元空間ということで、われわれが日常生活を送っている世界を指している。そして、銀河鉄道が走るのは、それとは異なる次元、「幻想第四次」、いわば四次元空間なのである。賢治は当時、話題になりつつあった相対性理論を理解していたと考えてよい。

「四次元」という言葉は、一九二六(大正十五)年に書かれた「農民芸術概論綱要」の〈農民芸術の綜合〉にも記されている。

アインシュタインの相対性理論の発表は二十世紀初頭で、証明されるきっかけは一九一九年の皆既日食である。その後、世界的に名声が高まり、この理論について解説する書籍が日本でも出版されはじめる。賢治が勤めていた学校の図書館にも相対性理論についての原書が所蔵されていた。アインシュタインは、一九二二（大正十一）年に来日し、各地で講演を行ったのだが、賢治が直接講演を聴く機会はなかったといわれている。それでも、アインシュタインの来日が、賢治を含め、多くの日本の知識人に刺激を与えたことはまちがいない。

いずれにしろ、ジョバンニが三次空間から持ちこんだ、きわめて特殊な切符を持っているということは、その後、三次空間に戻ることをも示唆している。

わし座

ジョバンニが特殊な切符を持っていることが明らかになったあと、鳥捕りがたいしたもんだとときどきつぶやきながら、ちらちらとふたりを見ているので、ジョバンニとカムパネルラはきまりが悪くなって、わざと視線を合わせずに窓の外を眺める。すると、川の向こう岸に青白い三角標が、三つならんでいるのが見えた。それに気づいたカムパネルラは、地図と見くらべて言う。

「もうぢき鷲の停車場だよ。」

銀河鉄道は、すでにはくちょう座からわし座へと進んでいるのだ。わし座は、星の並びから鷲の形を想像できるほど、わかりやすい星座ではない。一等星のアルタイル、七夕の彦星が目立っていて、その両側にお供の星がくっついているのが、わかりやすい目印である。ちなみに右上（北西）の星がγ星、左下（南東）の星がβ星で、中国では河鼓（かこ）三星と命名されていて、α星のアルタイルが大将軍、β星が左将軍、γ星が右将軍と呼ばれている（私はひそかに黄門様と助さん星、格さん星と呼んでいるのだが）。いずれにしろ、三つならんだ三角標に見立てられているのは、この三つの星である。このあとの描写に少し注目したい。

ジョバンニはなんだかわけもわからずににはかにとなりの鳥捕りが気の毒でたまらなくなりました。鷲をつかまへてせいせいしたとよろこんだり、白いきれでそれをくるくる包んだり、ひとの切符をびっくりしたやうに横目て（ママ）見てあはてゝほめだしたり、そんなことを一一考へてゐると、もうその見ず知らずの鳥捕りのために、ジョバンニの持ってゐるものでも食べるものでもなんでもやってしまひたい、もうこの人のほんたうの幸になるなら自分があの光る天の川の河原に立って百年つゞけて立って鳥をとってやってもいゝといふやうな気がして、どうしてももう黙ってゐられなくなりました。ほんたうにあなたのほしいものは一体何ですか、と訊かうとして、それではあんまり出し抜けだから、どうせうかと考へて振り返って見ましたら、そこにはもうあの鳥捕りが居ませんでした。

だれでも初対面の人に対して、その距離をどうとるか悩むことはあろう。賢治は、どう考えても、対人関係の距離のとり方は上手ではなかった。女性に対して消極的であったことは、これまで紹介したとおりだが、しかしいっぽうで、思いこんだらその人のためにしゃにむに働くというところもあり、いわば両極端に走りがちだった。ここでは鳥捕りに対して揺れ動く気持ちが描写されている。まさに現実世界で対人関係の悩みに直面していた賢治の気持ちそのものといってもよいだろう。それがカムパネルラとの会話にもあらわれる。

「あの人どこへ行ったらう。」カムパネルラもぼんやりさう云ってゐました。
「どこへ行ったらう。一体どこでまたあふのだらう。僕はどうしても少しあの人に物を言はなかったらう。」
「あゝ、僕もさう思ってゐるよ。」
「僕はあの人が邪魔なやうな気がしたんだ。だから僕は大へんつらい。」

対人関係で悩み、どうしてあのときもっとこうしなかったのだろう、と思うことはだれにでもあると思うが、賢治は、ここで多少の照れ隠しもあるのか、物語上では言い訳と思えるような文章も残している。

ジョバンニはこんな変てこな気もちは、ほんたうにはじめてだし、こんなこと今まで云ったこともないと思ひました。

賢治の性格がよくあらわれている部分といえる。

神の国へ

鷲の停車場では、新たな登場人物が銀河鉄道に乗ってくる。それは黒い髪の六つばかりの男の子と茶色の目の十二ばかりの女の子の姉弟と、青年の三人組である。そのようすはふつうではなかった。青年に手を引かれた男の子は赤いジャケットのぼたんもかけず、がたがたふるえてはだしで立っており、女の子は黒い外套を着て青年の腕にすがって不思議そうに窓の外を眺めていた。そして、その女の子へ青年が発したのが銀河鉄道の行き先を読者に示唆する言葉だった。

「ああ、こゝはランカシャイヤだ。いや、コンネクテカット州だ。いや、ああ、ぼくたちはそらへ来たのだ。わたしたちは天へ行くのです。ごらんなさい。あのしるしは天上のしるしです。もうなんにもこわいことありません。わたくしたちは神さまに召されてゐるのです。」

それにしても唐突、かつ直接的な表現である。ここまで銀河鉄道の行き先については漠然とにおわせていただけだったにもかかわらず、ここで答えを明らかにしてしまっている。

さらに、ほかの乗客は事情を理解しているのに、子どもたちは理解できていないというなんとも悲しい状況を描写している。

「ぼくおほねえさんのとこへ行くんだよう。」腰掛けたばかりの男の子は顔を変にして燈台看守の向ふの席に座ったばかりの青年に云ひました。青年は何とも云へず悲しさうな顔をして、ぢっとその子の、ちぢれてぬれた頭を見ました。女の子は、いきなり両手を顔にあてゝしくしく泣いてしまひました。

小さな子どもが状況を理解できないことはままある。親の死はとくにそうだし、この場合は自らの死である。天国への道をたどる途中でも、まだ理解できないやりきれなさを読者に訴えているのである。

鷲の停車場のまえからの乗客だった燈台看守がどうしたのかと尋ねると、青年は、自分たちが体験したことを詳細に語った。氷山にぶつかって船が沈んだこと、小さな子どもを救命ボートに乗せるか、あるいはこのまま神様のもとへ旅立つほうが幸福かと悩んだこと、どこからともなく讃美歌が聞こえ、いろいろな国の言葉でそれを歌ったこと、そして水に落ちて、ここへ来たこと。

いうまでもなく、彼らはタイタニック号の事故の犠牲者である。初航海中の一九一二年四月深夜に北大西洋上で氷山と衝突し沈没、千五百名以上の犠牲者を出した、当時、世界最悪の海難事故である。そのエピソードを銀河鉄道のストーリーに登場させたのは、賢治の思いがあらわれたひとつの側面といえるだろう。ニュースになったタイタニック号の事件を知り、賢治は犠牲者に深く同情したにちがいない。そして、犠牲者へのレクイエムのように、賢治はすっかりふさぎこんだジョバンニに心のなかで語らせている。

（《前略》ぼくはそのひとにほんたうに気の毒でそしてすまないやうな気がする。ぼくはそのひとのさひはひのためにいったいどうしたらいゝのだらう。）

燈台守の言葉にも賢治の思いは露出している。

「なにがしあはせかわからないです。ほんたうにどんなつらいことでもそれがたゞしいみちを進む中でのできごとなら峠の上りも下りもみんなほんたうの幸福に近づく一あしづつですから。」

姉弟はつかれてぐったりと席によりかかって眠っている。その窓外には、きらびやかな燐光の川の岸とともに、幻燈のように大小さまざまの三角標が輝いていた。

幻想空間のりんご

そこへ、おもむろに乗客のひとり、燈台看守が黄金と紅で美しく彩られた大きなりんごを、姉弟のおもり役である青年に勧める。

「いかゞですか。かういふ苹果はおはじめてでせう。」

青年は、そのみごとさにびっくりして、目を細くしたり首をまげたりしながら、われを忘れて眺める。

「おや、どっから来たのですか。立派ですねえ。こゝらではこんな苹果ができるのですか。」

（中略）

「いや、まあおとり下さい。どうか、まあおとり下さい。」

青年はカムパネルラとジョバンニにも気を遣って、ひとつずつ渡す。そして燈台看守は眠っている姉弟の膝にもそっと置く。

「どうもありがたう。どこでできるのですか。こんな立派な苹果は。」

尋ねる青年に燈台看守は長々と説明する。

「この辺ではもちろん農業はいたしますけれども大ていひとりでにいゝものができるやうな約束になって居ります。農業だってそんなに骨は折れはしません。たいてい自分の望む種子さへ播(ま)けばひとりでにどんどんできます。米だってパシフヰック辺のやうに殻もないし十倍も大きくて匂もいゝのです。

このあたりは賢治の農業への思いがじつによくあらわれているところである。手を加えない限り、農業は難しいことを賢治は熟知している。それだからこそ、理想郷である天の川のほとりでは何もしなくても良質な作物ができることを描きたかったのだろう。しかし、これに続くフレーズは、いささか解釈に苦しむところがある。

けれどもあなたがたのいらっしゃる方なら農業はもうありません。苹果だってお菓子だってかすが少しもありませんからみんなそのひとそのひとによってちがったわづかのいゝかほりになって毛あなからちらけてしまふのです。」

もとより四次元空間の幻想世界である。何が起こっても驚くことはなかろう。しかし、このあたりは解釈にも困る部分だ。男の子の食べるりんごのようすもじつにおかしい。

男の子はまるでパイを喰べるやうにもうそれを喰べてゐました、また折角剝いたそのきれいな皮も、くるくるコルク抜きのやうな形になって床へ落ちるまでの間にはすうっと　灰いろに光って蒸発してしまふのでした。

からす座からくじゃく座へ

そのあとは、銀河鉄道が走る天の川のほとりの景色と、それを話題にした登場人物たちの会話が続く。車窓から見えた鳥に気づき、途中から乗りこんだ女の子が叫ぶ。

「まあ、あの鳥。」

隣に座っていたカムパネルラは、そのまちがいを訂正する。

「からすでない。みんなかささぎだ。」

女の子に伴って乗車してきた青年が同意する。

「かささぎですねえ、頭のうしろのとこに毛がぴんと延びてますから。」

天の川の青白いあかりの上に、黒い鳥が列になっている。賢治は、そのようすをこう表現している。

たくさんたくさんいっぱいに列になってとまってぢっと川の微光を受けてゐるのでした。

すでに天文ファンにはおわかりだろう。からすは実在の春の星座「からす座」。おとめ座の南にある小さな星座で、明るくはないが、四つの星が台形をつくっていて、一度おぼえてしまうと忘れられない端正な星座だ。四つの星からからすの形は想像できない。それもそのはず、ギリシャ神話では飼い主である神様の怒りに触れ、天にはりつけにされた姿で、その四つの鋲が光って見えているといわれている。いっぽうのかささぎは、七夕伝説で七月七日の夜にどこからともなくやってきて天の川に並んで、橋となる鳥である。まさに「たくさんたくさんいっぱいに列になってとまって」橋になるわけだ。賢治は、この場面で西洋と東洋の星座神話を融合させているのだ。

このような試みは「銀河鉄道の夜」の全体を通して行われている。北十字から南十字への旅というキリスト教の思想で大枠をつくり、そのなかに西洋と東洋の星座神話をちりばめて銀河鉄道を走らせ、そこへ四次元空間という当時最先端の科学的なアイデアを取りこんで、それらを縦横無尽に融合させた作品が「銀河鉄道の夜」である。

窓の外には青い森があり、その中心にひときわ高い三角標が見えている。それとともに、讃美歌が聞こえてくるが、次第に遠ざかり、やがてかすかになっていく。そこで、もう一種類の鳥が車窓にあらわれる。孔雀(くじゃく)である。

「あ孔雀が居るよ。」

「えゝたくさん居たわ。」

女の子が答える。ジョバンニも孔雀を見ている。

ジョバンニはその小さく小さくなっていまはもう一つの緑いろの貝ぼたんのやうに見える森の上にさっさっと青じろく時々光ってその孔雀がはねをひろげたりとぢたりする光の反射を見ました。

カムパネルラと女の子の会話ははずんでいる。

「さうだ、孔雀の声だってさっき聞えた。」
「えゝ、三十疋ぐらゐはたしかに居たわ。(後略)」

それを聞いて、ジョバンニは「俄かに何とも云へずかなしい気がして」しまうのである。この孔雀、もちろん実在の「くじゃく座」からのアイデアである。日本では見えない南天の星座だ。南天の星座には「ふうちょう座」とか、「カメレオン座」とか、めずらしい動物などの名前のついたものが多い。大航海時代に南半球にでかけたヨーロッパの人たちが、そのめずらしさや美しさに感激して星座にしたのだ。くじゃく座は、そのひとつなのである。

いるか座

からす、かささぎ、孔雀と銀河鉄道の車窓を横切る鳥たちを話題にした物語は、さらに生き物の登場が続く。しかも今度は天の川のなかに、である。ただ、この場面は第三次稿で削除されてしまった。私のような天文ファンからすると、ここは最後まで残してほしかった気もする。せっかくなのでここで少しそのシーンに触れてみたい(以下、引用は第二次稿から)。

ところがそのときジョバンニは川下の遠くの方に不思議なものを見ました。それはたしかになにか黒いつるつるした細長いものであの見えない天の川の水の上に飛び出してちょっと弓のやうなかたちに進んでまた水の中にかくれたやうでした。

それに気づいた女の子は、なんだろうと注目し、おかしな魚だ、と言う。しかし、カムパネルラは、その正体を見破るのである。

「海豚(いるか)です。」

女の子が、疑問を呈す。

「海豚だなんてあたしはじめてだわ。けどこゝ海ぢゃないんでせう。」

そして、天の川のなかを泳ぐいるかの描写が続く。

二つのひれを丁度両手をさげて不動の姿勢をとったやうな風にして水の中から飛

び出して来てうやうやしく頭を下にして不動の姿勢のまゝまた水の中へくぐって行くのでした。見えない天の川の水もそのときはゆらゆらと青い焔のやうに波をあげるのでした。

ここで登場するいるかも実在の星座、天文ファンならよく知っているであろう、いるか座である。夏の天の川を南へ下る際、はくちょう座からわし座へ向かう途中の東岸にある、こじんまりとした星座だ。四つの星がこじんまりとひし形をつくっていて、残りのひとつがひし形の下に輝いている。それらを結ぶと、確かに海の上に飛び跳ねるいるかの形に見えてくるから不思議である。一度見れば忘れることのできないじつにかわいらしい、そして夏の夜空にふさわしい星座といえる。

ただ、このいるか座を形づくる星は、みな四等星クラスで、夜空が暗い場所でないと見えない。賢治は、この実在のいるか座にヒントを得て、天の川のなかに見え隠れするように泳がせ、ストーリーを紡いでいるのだ。

女の子とカムパネルラとのあいだで、ひとしきりいるかが魚かどうかの話が続く。カムパネルラは、いるかは魚ではない、くじらと同じけだものであると説く。

「あなたくぢら見たことあって。」
「僕あります。くぢら、頭と黒いしっぽだけ見えます。潮を吹くと丁度本にあるやうになります。」

カムパネルラと女の子の会話を聞きながら、ジョバンニはいささか不快な思いをしている。まず、自分はくじらを見た経験がないこと、そして会話そのものに入れないことが背景にある。このあたりは賢治自身の性格がそのままあらわれているといってもよいかもしれない。その不快さは、やがて悲しさにつながっていく。ここで登場するくじらも実際には秋の星座の、くじら座である。最終形からは削除されているが、賢治は当初から実際の星座を組みこんだストーリーをつくろうとして、いるか座やくじら座を入れていたのだと考えられる。しかし、いるか座はともかく、くじら座にいたっては天の川からあまりにも遠く離れているだけでなく、ジョバンニの不快な思いを表現するのに、あまりにもたくさんの例を入れるのがくどいと思って削除したのかもしれない。

さて、話が脱線したが、ここからはふたたび最終形の「銀河鉄道の夜」のシーンに戻ろう。過ぎゆく車窓の風景の描写は、再度、天の川から空へと転じていくのだが、ここでの表現にもきわめて注目すべきものがある。

その窓の外には海豚のかたちももう見えなくなって川は二つにわかれました。そのまっくらな島のまん中に高い高いやぐらが一つ組まれてその上に一人の寛(ゆる)い服を着て赤い帽子をかぶった男が立ってゐました。そして両手に赤と青の旗をもってそらを見上げて信号してゐるのでした。

実際に、暗い星空で夏の天の川を観察すると、南に下がっていくにつれて太く明るくなると同時に、その川中に暗黒帯があらわれ、まるで天の川がふたつに分かれていくように見える。そして、その分かれはじめるところが、まさしくわし座のあたり、つまりいるか座の高さあたりに相当している。賢治は実際に天の川を見ていたので、これはけっして偶然ではなく、創作上でも現実の天の川を忠実に再現した部分になっているといってよい。そして、天の川の中州で賢治は男に渡り鳥の交通整理をさせている。

ジョバンニが見てゐる間その人はしきりに赤い旗をふってゐましたが俄かに赤旗をおろしてうしろにかくすやうにし青い旗を高く高くあげてまるでオーケストラの指揮者のやうに烈(はげ)しく振りました。すると空中にざあっと雨のやうな音がして何かまっくらなものがいくかたまりもいくかたまりも鉄砲丸（てっぽうだま）のやうに川の向ふの方へ飛んで行くのでした。

これももしかすると賢治の経験にもとづいているかもしれない。じつは渡り鳥は夜間も飛ぶ。天体観測をしていると、天の川の切れ端が飛ぶように見えたり、月明かりや人工灯火に照らされてV字形に編隊を組んだ渡り鳥の群れがUFOに見まちがえられたりすることがある。私もかつて東京の夜空を観察していたときに、編隊飛行している渡り鳥を目撃したことがある。賢治の著作のなかに、そういった目撃談は私の知る限りは登場しないが、学生時代から長い時間、夜空を観察していた賢治のことである。その目撃体験がもとになっていないとは断言できない。

ジョバンニと賢治

よく言われることだが、「銀河鉄道の夜」のジョバンニが賢治自身を彷彿（ほうふつ）とさせる記述はしばしば見受けられる。いるかとくじらに関する会話の部分もそうである。カムパネルラは、どちらかというと社交的で、途中から乗ってきた姉弟とも気さくに話をしているが、ジョバンニはカムパネルラと女の子の話を聞いて不快な思いをしている。カムパネルラのように語れないことをはじめ、いろいろなことが積み重なって会話に入れないのだ。そうこうしているうちに、女の子は「おもしろさうに」カムパネルラとの会話を続けるのだ。のけ者にされた雰囲気にジョバンニはたまらなくなり、心のなかで叫ぶ。

（カムパネルラ、僕もう行っちまふぞ。僕なんか鯨だって見たことないや。）

ジョバンニは「たまらないほどいらいらしながらそれでも堅く唇を嚙んでこらえて窓の外を見て」いる。渡り鳥の交通整理を眺めているジョバンニに、女の子が語りかける。

「まあ、この鳥、たくさんですわねえ、あらまあそらのきれいなこと。」

ところが、ジョバンニは「生意気な いやだい」と思いながら、だまって口をむすんで空を見あげたままだった。すでにかたくなに自分の殻に閉じこもってしまっている。女の子は小さくため息をして、だまって席へ戻るしかない。そしてジョバンニはこう思うのだ。

（どうして僕はこんなにかなしいのだらう。僕はもっとこゝろもちをきれいに大きくもたなければいけない。あすこの岸のずうっと向ふにまるでけむりのやうな小さな青い火が見える。あれはほんたうにしづかでつめたい。僕はあれをよく見てこゝろもちをしづめるんだ。）

ジョバンニは、ほてって痛い頭を両手で押さえるようにしてその青い火を見ながら、さらに思う。

（あゝほんたうにどこまでもどこまでも僕といっしょに行くひとはないだらうか。カンパネルラ（ママ）だってあんな女の子とおもしろさうに談（はな）してゐるし僕はほんたうにつらいなあ。）ジョバンニの眼はまた泪（なみだ）でいっぱいになり天の川もまるで遠くへ行ったやうにぼんやり白く見えるだけでした。

銀河鉄道は、トウモロコシ畑を通りすぎ、やがて青白い時計が第二時を示す頃に、小さな停車場に到着する。そして遠くから、かすかに新世界交響楽が流れてくる。そんな優しい時間のなかで、ジョバンニの心はまえよりも沈んでいる。

（こんなしづかないゝとこで僕はどうしてもっと愉快になれないだらう。どうしてこんなにひとりさびしいのだらう。けれどもカムパネルラなんかあんまりひどい、僕といっしょに汽車に乗ってゐながらまるであんな女の子とばかり談(はな)してゐるんだもの。僕はほんたうにつらい。）

これまでも紹介してきたが、賢治は生涯、女性とは恋人と呼ぶに足るほどのレベルで、交際したことはなかった。変わり者と思われていたことも一因とは思うが、やはり賢治は基本的に他人との距離のとり方が不器用だったといえるだろう。女性に対して消極的ないっぽうで、困っている人を助けるときには、常軌を逸するほど積極的だった。子どもの頃の友人をかばう賢治の極端な行動のエピソードには事欠かない。稗貫農学校の頃、同じ教師であった奥寺五郎が肺病を患った際には、亡くなるまで、賢治は毎月三十円もの援助をしたという。いくら賢治の給与が比較的よかったとは言っても、その額は一九二一年末に賢治が教諭となった当時の八十円から始まり、奥寺が亡くなる前年の一九二三年に百円になったにすぎない。そのうち三十円を毎月、元同僚とはいえ、他人に施すのは考えにくい。当の奥寺も、

「宮澤さん、あなたが善行をしているという自己満足のために私を助けるのだったらやめてください」

（『年譜 宮澤賢治伝』）

と断ろうとしたほどだ。羅須地人協会時代の農家への献身は、いうまでもない。こうと思ったら、相手がどう思おうが、社会の常識がどうであろうが突き進む側面があった。親友保阪に対しても、一方的な思いこみが強かった。賢治の思いこみの強さは、それがよい結果に終わらないとわかったときの落胆の大きさにつながってきたこともあるからか、人づきあいにおいては、かなり臆病な一面が見え隠れする。少女との会話に入りこめず、悲しい気持ちになるジョバンニはまさに賢治そのものなのである。

インディアン座

銀河鉄道もいよいよ終点にさしかかろうとしている。なかなか思いどおりにならないことで、胸の内に悲しみや苦しみをかかえたジョバンニを乗せた銀河鉄道は、やがて新世界交響楽がはっきり聞こえるところまでやってくる。この世からあの世へ、黄泉の国という未知の世界へ踏みだすときに、このドボルザークの交響曲「新世界」が最適だと思ったのだろうか。さらにいえば、この交響曲は北米に住むアフリカ系の人びとやネイティブ・アメリカンの音楽から、それらの旋律を取りいれたという説があった。そのつながりであろうか、ここで登場するのが「インデアン」である。

そのまっ黒な野原のなかを一人のインデアンが白い鳥の羽根を頭につけたくさんの石を腕と胸にかざり小さな弓に矢を番（つが）へて一目散に汽車を追って来るのでした。「あら、インデアンですよ。インデアンですよ。おねえさまごらんなさい。」黒服の青年も眼をさましました。ジョバンニもカムパネルラも立ちあがりました。「走って来るわ、あら、走って来るわ。追ひかけてゐるんでせう。」「いゝえ、汽車を追ってるんぢゃないんですよ。猟をするか踊るかしてるんですよ。」

天文ファンならピンとくるだろう。このキャラクターも実在の星座「インディアン座」に由来している。とはいえ、なかなかなじみのない星座である。というのも、いて座の南に少し顔を出している程度で、基本的には南天にあるために日本などからは大部分が見えないし、また新しい星座であるため付随した神話や伝説がなく、さらには明るい星や著名な天体がないことなどから、非常に知名度が低いのである。それでも天文に造詣の深かった賢治は、この星座を取りあげた。かつて、日本では「インド人座」という名称も使われたことがあるが、インドや東南アジアの先住民を想定してつけられたともいわれている。しかし、賢治は北アメリカの「インデアン」というふうに認識していたようだ。鳥の羽根飾りや、石の飾り物に、弓矢というのはこの当時のステレオタイプのイメージだろう。また、「インデアン」は賢治の他の作品にも登場する。農芸学校のための助言を求められて、伊豆大島に向かったときに書かれた詩「三原　第二部」には、

非常な旱魃(かんばつ)続きのときに
巨きな粒の種子を播きつけしますには
アメリカンインデアンの式をとります
棒で三寸或(あるい)は五寸も穴をあけ
中に二つぶぐらゐもまいて

とある。賢治は農業、とくに土壌改良の知識は豊富であり、また洋書もよく読んでいたため、アメリカの地で「アメリカンインデアン」が、このような方法でトウモロコシを栽培

していたことを知っていたと思われる。実際、「銀河鉄道の夜」の文中に「インデアン」が登場したあとの一節にも、

電しんばしらの碍子（がいし）がきらっきらっと続いて二つばかり光ってまたたうもろこしの林になってしまひました。

とある。なぜ、トウモロコシが登場するのか。地元の冷害、不作に悩んでいた賢治は、もしかすると稲、小麦に次ぐ、トウモロコシの可能性を見ていたのではないか、という論考*もある。そういった意味では、アメリカの大地に東北の新世界を思い描いていたのかもしれない。

登場した「インデアン」は、矢をつがえて狩りをするのだが、賢治がここで「踊るかしてる」と黒服の青年に語らせていることにも、深い意味がありそうだ。このあとに、猟に成功し、満足して彼が笑うシーンが続くのだが、ここには狩猟や農業を楽しみながら芸術へつなごうとする賢治独特の世界観、いわゆる農民芸術への思いが秘められているといっても過言ではないだろう。

＊「宮沢賢治の『銀河鉄道の夜』に登場する農業（前編）」（石井竹夫 人植関係学誌 第12巻 第1号 15－19ページ 2012）

ふたご座

トウモロコシ畑は高原にあり、銀河鉄道は非常に高い崖を走っているが、やがてそこから、川面へ向かって急速に下っていく。

「（前略）この傾斜があるもんですから汽車は決して向ふからこっちへは来ないんです。そらもうだんだん早くなったでせう。」

と、乗客の老人に言わせている。そう、一度下りたら戻れない、というまるで三途の川をイメージさせるせりふである。賢治は、この場面でかなりの傾斜を想定していたらしい。乗客たちの描写も次のごとくだ。

どんどんどんどん汽車は走って行きました。室中のひとたちは半分うしろの方へ倒れるやうになりながら腰掛にしっかりしがみついてゐました。ジョバンニは思はずカムパネルラとわらひました。

ここまでの急こう配であれば、現実の鉄道路線ならまっすぐに下りずにループを描きながら工夫した敷設をするはずで、銀河鉄道のモデルになった初期の岩手軽便鉄道にも、これほどの傾斜地はなかったはずである。花巻から土沢まではかなり平坦で、高低差はせいぜい数十メートル程度しかない。ただ、その先、釜石までは相当な高低差になり、標高八八七メートルとなる仙人峠を越えて鉄道でつなぐことはできなかったという歴史がある。しかし、銀河鉄道が折り返し戻ってくることはない。賢治はここで、この線路が一方通行で、一度川面へ下りたら戻れない、ということを強調したかったのだろう。

天の川の川面が近づくと、ジョバンニは会話にとけこめなかったことなど忘れて、「だんだんこゝろもちが明るくなって」いく。すっかりジョバンニの機嫌が直った頃、賢治は天の川沿いに有名な星座を登場させる。

「あれきっと双子のお星さまのお宮だよ。」男の子がいきなり窓の外をさして叫びました。

右手の低い丘の上に小さな水晶ででもこさえたやうな二つのお宮がならんで

立ってゐました。

まちがいなくふたご座である。そして、「双子の星」という賢治作品そのものだ。「双子の星」でも、チュンセ童子とポウセ童子というふたごが小さな「水精（すいしょう）」のお宮に住んでいることになっている。ただ、はくちょう座から南十字への天の川沿いの旅路でいうと残念ながら実際のふたご座は通らない。ふたご座は冬の星座だからである。とはいえ、ふたご座のふたりの兄弟は、どちらも天の川に足を浸している形だ。

「双子のお星さまのお宮って何だい。」

「あたし前になんべんもお母さんから聴いたわ。ちゃんと小さな水晶のお宮で二つならんでゐるからきっとさうだわ。」

「はなしてごらん。双子のお星さまが何したっての。」

「ぼくも知ってらい。双子のお星さまが野原へ遊びにでてからすと喧嘩（けんか）したんだらう。」

以前も登場した春の星座、からす座を喧嘩相手として登場させるだけでなく、宇宙の放浪者も登場させている。

「それから彗星がギーギーフーギーギーフーて云って来たねえ。」「いやだわたあちゃんさうじゃないわよ。それはべつの方だわ。」

このようないささか錯綜気味の話題を遮るかのごとく、天の川の向こう岸がにわかに赤く染まりだす。いよいよ、夏の天の川の名所、さそりの火の登場である。

さそり座

川の向ふ岸が俄かに赤くなりました。楊の木や何かもまっ黒にすかし出され見えない天の川の波もときどきちらちら針のやうに赤く光りました。まったく向ふ岸の野原に大きなまっ赤な火が燃されその黒いけむりは高く桔梗いろのつめたさうな天をも焦がしさうでした。ルビーよりも赤くすきとほりリチウムよりもうつくしく酔ったやうになってその火は燃えてゐるのでした。

そして、ジョバンニの疑問にカムパネルラが答える。

「あれは何の火だらう。あんな赤く光る火は何を燃やせばできるんだらう。」ジョバンニが云ひました。「蝎(さそり)の火だな。」カムパネルラが又地図と首っ引きして答へました。

天文ファンならだれでも知っている、さそり座の一等星アンタレスの登場である。夏の夜、南の空に輝くアンタレスは、真っ赤に輝いている。アンタレスは、さそりの心臓あたりにあり、その名前は「火星の敵」を意味するギリシャ語に由来する。火星が地球に近づくタイミングは、二年二か月ごとにあるが、火星の軌道がかなりゆがんだ楕円であるため、夏の時期に地球に近づくときには、その距離が小さくなり大接近となる。また、その頃の火星は夏の星座に輝くため、アンタレスとも近づいて、赤さを競うのである。

天文学的にいうと、アンタレスは赤色超巨星という種類に属し、その大きさは太陽の三百倍以上もあるとされる。比較的質量の大きな星が老齢になり、その外層がどんどん膨れて、巨大な星になっていくと、表面が星の芯からずいぶん遠くなって温度が低くなってしまう。温度が低くなると波長の長い赤い光が相対的に強くなるので、赤い色になるのである。

日本ではアンタレスは「赤星」、「豊年星」、さらには酒に酔った顔色との連想から「酒酔い星」などと呼ばれていた。日本のように湿度の高いところでは、空の低いところに輝くアンタレスは、より赤く見える。

賢治は、このアンタレスを燃える火としている。その赤さを「ルビーよりも赤くすきとほりリチウムよりもうつくしく」と表現している。ルビーは宝石なので、すぐ連想できるのだが、一般の読者がリチウムと聞いても、すぐに赤い色はなかなか連想できないかもしれない。リチウムを含む化合物は燃やすと深い紅色に輝く。いわゆる炎色反応というもので、その色の波長は六七〇・八ナノメートルである。これはストロンチウムの赤よりも深い。理科少年だった賢治は、このあたりもよく心得ていて、そのうえ「リチウム」という言葉に、遠い世界のエキゾチックな響きをこめたように思える。

そして、このさそりの火には、賢治の自己犠牲の姿勢への強い思いがこめられている。その思いは、ジョバンニたちに説明する少女の言葉に集約されているので、その会話をそのままたどってみよう。

「蝎の火って何だい。」ジョバンニがききました。「蝎がやけて死んだのよ。その火がいまでも燃えてるってあたし何べんもお父さんから聴いたわ。」(中略)「(前略)

むかしのバルドラの野原に一ぴきの蝎がゐて小さな虫やなんか殺してたべて生きてゐたんですって。するとある日いたちに見附かって食べられさうになったんですって。さそりは一生けん命遁(に)げて遁げたけどたうたういたちに押へられさうになったわ、そのときいきなり前に井戸があってその中に落ちてしまったわ、もうどうしてもあがられないでさそりは溺(おぼ)れはじめたのよ。そのときさそりは斯(こ)う云ってお祈りしたといふの、

あゝ、わたしはいままでいくつのものの命をとったかわからない、そしてその私がこんどいたちにとられやうとしたときはあんなに一生けん命にげた。それでもたうたうこんなになってしまった。あゝなんにもあてにならない。どうしてわたしはわたしのからだをだまっていたちに呉(く)れてやらなかったらう。そしたらいたちも一日生きのびたらうに。どうか神さま。私の心をごらん下さい。こんなにむなしく命をすてずどうかこの次にはまことのみんなの幸のために私のからだをおつかひ下さい。って云ったといふの。そしたらいつか蝎はじぶんのからだがまっ赤なうつくしい火になって燃えてよるのやみを照らしてゐるのを見たって。いまでも燃えてるってお父さん仰ったわ。ほんたうにあの火それだわ。」

賢治はアンタレスの火に、自らが農業指導や肥料指導で実践したような自己犠牲の精神を埋めこんだ。この場面は多くの研究者によって言及されている有名な部分だ。

その後、銀河鉄道はさそりの火を後方に見送りながら、ケンタウルス座へと入っていく。

ケンタウルス座

「銀河鉄道の夜」の後半のストーリーで、天文学者としてひとつ不思議に思うことがある。それは銀河鉄道がケンタウルス座にさしかかる場面の描写があるのに、ケンタウルス座に関する記述がそれほど多くはないことだ。ケンタウルス座は天の川にかかっているうえ、一等星がふたつもある明るく派手な星座である。本来なら、もう少し詳しい記述があってもよいように思うのだが、ことによると原稿が失われているのではないか、という説もある。

ただ、銀河鉄道に乗ってからの記述は乏しくても、ケンタウルス座が「銀河鉄道の夜」では、きわめて重要なモチーフとして使われているのはいうまでもない。すなわちこの夜が「ケンタウル祭」だったということである。これがケンタウルス座に由来しているのは明らかだ。また、この祭りが日本の灯籠流しを想定したものであることも、「ザネリ、烏瓜ながしに行くの。」とジョバンニが声をかけたことからわかる。実際、賢治の住んでいた地方でも灯籠流しが行われていたという。[*] 灯籠流しはお盆の頃の行事である。死んだ人の魂が子孫のもとへ帰ってくるこの時期、その魂を送迎する迎え火や送り火などとともに日本各地で行われていた。川はこの物語の重要な要素だ。川のひとつは、銀河鉄道がそのほとりを走る天の川であり、またもうひとつはジョバンニの住む町の灯籠流しをする川、つまりカムパネルラが流されてしまった川である。ジョバンニは、死んで天上へ向かうカムパネルラとともに天の川を旅するのだ。

ケンタウルス座のふたつの一等星は、天の川のど真ん中で仲よく並んでいる。東側（左）の星がα星でほぼ〇等星、西側（右）が、〇・六等とやや暗いβ星である。両星は四度半、つまり満月九個分ほどと、ほどよく離れている。α星とβ星を結んだ線を、そのまま西側に延ばすと、そこにあるのが南十字星である。そのため、このケンタウルス座のふたつの一等星は、南十字星を指しているという意味で、サザンクロスのポインター（指し示すという意味）とも呼ばれている。その位置関係は賢治も認識していたはずだ。その意味では、冒頭部分にケンタウル祭をもってくることで、最終的に物語の終着点が南十字星であることを暗喩していた可能性も少なくないだろう。もし、銀河鉄道が南十字へ近づく手前の原稿が失われていなかったら、どんな展開になっていたのか、興味が尽きないところではある。

いずれにしろ、銀河鉄道は終点に向かって、ケンタウルス座を通過していく。乗っていた青年が、みんなに向かって言う言葉が印象的だ。

「もうぢきサウザンクロスです。おりる支度をして下さい。」

*「『銀河鉄道の夜』の『ケンタウル祭』」(家井美千子　岩手大学人文社会科学部紀要　第75号　19-35ページ　2004)

南十字星

続く青年と幼い姉弟の会話はじつに悲しみを誘う。

「僕も少し汽車へ乗ってるんだよ。」男の子が云ひました。カムパネルラのとなりの女の子はそはそは立って支度をはじめましたけれどもやっぱりジョバンニたちとわかれたくないやうなやうすでした。

「こゝでおりなけぁいけないのです。」青年はきちっと口を結んで男の子を見おろしながら云ひました。「厭(いや)だい。僕もう少し汽車へ乗ってから行くんだい。」

そのようすを見ていたジョバンニは、僕たちといっしょに乗っていこう、と誘う。しかし、事情はそれを許さないことを女の子は悟っている。

「だけどあたしたちもうこゝで降りなけぁいけないのよ。こゝ天上へ行くとこなんだから。」女の子がさびしさうに云ひました。

ここで次のジョバンニの発言に注目したい。

「天上へなんか行かなくたっていゝぢゃないか。ぼくたちこゝで天上よりももっといゝとこをこさえなけぁいけないって僕の先生が云ったよ。」

天上よりも理想的な社会の実現。それこそが賢治のめざしたものだった。それが実現できるなら、天上なんか不要なのだ。その実現を信じて賢治自身は自らさまざまな苦労を背負いこみすぎて、早世してしまった。ここには彼の理想がにじみ出ている。続く会話は、神についての一種の宗教的議論へと発展している。

「あなたの神さまってどんな神さまですか。」青年は笑ひながら云ひました。「ぼくほんたうはよく知りません、けれどもそんなんでなしにほんたうのたった一人の神さまです。」「ほんたうの神さまはもちろんたった一人です。」「あゝ、そんなんでなしにたったひとりのほんたうのほんたうの神さまです。」「だからさうぢゃありませんか。わたくしはあなた方がいまにそのほんたうの神さまの前にわたくしたちとお会ひになることを祈ります。」青年はつゝましく両手を組みました。

まえにも紹介したように、賢治は法華教に著しく傾倒したが、その後、少し客観的になったこともあり、とくにキリスト教についてもよく勉強していたようだ。「銀河鉄道の夜」はまちがいなく、キリスト教のシンボルである北十字から南十字への旅であり、南十字を天上への駅とすることに大きな意味があった。また、普段から理想の社会とは何か、そして理想の宗教とは何かを考えていた賢治だからこそ、神とは何かについても真剣に問うてきたのだろう。ここで賢治が物語に織りこんでいるのは明らかに一神教の「神」であり、その解釈についてもさまざまな考察がなされてきたので、ここでは詳細には述べない*。賢治は物語の終盤のクライマックスに南十字をもってきて、そこを天上への入り口として、死者の魂に天の川を渡らせる。そこに見えてきたのは、それまでのような三角標などではなく、ある種絢爛豪華な南十字の姿である。

あゝそのときでした。見えない天の川のずうっと川下に青や橙やもうあらゆる光でちりばめられた十字架がまるで一本の木といふ風に川の中から立ってかゞやきその上には青じろい雲がまるい環になって后光（ごこう）のやうにかかってゐるのでした。汽車の中がまるでざわざわしました。みんなあの北の十字のときのやうにまっすぐに立ってお祈りをはじめました。あっちにもこっちにも子供が瓜に飛びついたときのやうなよろこびの声や何とも云ひやうない深いつゝましいためいきの音ばかりきこえました。そしてだんだん十字架は窓の正面になりあの苹果の肉のやうな青じろい環の雲もゆるやかにゆるやかに繞（めぐ）ってゐるのが見えました。

賢治の情景描写はあえてここでは暗さを感じさせないようになっている。

「ハルレヤハルレヤ。」明るくたのしくみんなの声はひゞきみんなはそのそらの遠くからつめたいそらの遠くからすきとほった何とも云へずさわやかなラッパの声をききました。そしてたくさんのシグナルや電燈の灯のなかを汽車はだんだんゆるやかになりたうたう十字架のちゃうどま向ひに行ってすっかりとまりました。

＊たとえば、「宮沢賢治とキリスト教の諸相――『天国』と『神の国』のいくつかの像」（富山英俊／宮沢賢治学会イーハトーブセンター編集委員会編　宮沢賢治研究annual　第23号　131-146ページ　2013）など。

天の川の向こう

長い旅を経て、銀河鉄道に乗りあわせた幼い姉弟と青年との別れのときがやってきた。天上への入り口、サウザンクロスにたどり着いたところで、賢治は名残惜しそうにふり返る女の子と、それを見送るジョバンニのようすを次のように描いている。

「ぢゃさよなら。」女の子がふりかへって二人に云ひました。「さよなら。」ジョバンニはまるで泣き出したいのをこらへて怒ったやうにぶっきり棒に云ひました。女の子はいかにもつらさうに眼を大きくしても一度こっちをふりかへってそれからあとはもうだまって出て行ってしまひました。汽車の中はもう半分以上も空いてしまひ俄かにがらんとしてさびしくなり風がいっぱいに吹き込みました。

窓の外の景色はまるで葬送の行列のようである。

そして見てゐるとみんなはつゝましく列を組んであの十字架の前の天の川のなぎさにひざまづいてゐました。そしてその見えない天の川の水をわたってひとりの神々しい白いきものの人が手をのばしてこっちへ来るのを二人は見ました。

ジョバンニの乗った銀河鉄道は定刻が来たかのように動きだす。賢治はその景色をすぐに霧で隠してしまうのだが、またふたたび霧を晴らしてからの情景を次のように描いている。

そのとき、すうっと霧がはれかゝりました。どこかへ行く街道らしく小さな電燈の一列についた通りがありました。それはしばらく線路に沿って進んでゐました。そして二人がそのあかしの前を通って行くときはその小さな豆いろの火はちゃうど挨拶でもするやうにぽかっと消え二人が過ぎて行くときまた点くのでした。ふりかへって見るとさっきの十字架はすっかり小さくなってしまひほんたうにもうそのまゝ胸にも吊されさうになり　さっきの女の子や青年たちがその前の白い渚にまだひざまづいてゐるのかそれともどこか方角もわからないその天上へ行ったのかぼんやりして見分けられませんでした。

賢治はこの一連の描写で、彼女たちが天上に行くことをジョバンニが真に意識しているのかどうかわからない、ぎりぎりの表現に抑えている。そこが奥深いところである。直接的に意識させるのではなく間接的にすることで読者に訴える力は逆に強くなっている。そして、いよいよカムパネルラとの別れも近づいてくる。最後の会話で、賢治はそれまでの自分の思いを言葉にして表現している。諸説あるにせよ、これは妹トシとの別れであり、一時期同じ思いを共有しつつも別々の道を選んだ保阪嘉内との別れへの思いもこめられているのだろう。

ジョバンニはあゝと深く息しました。「カムパネルラ、また僕たち二人きりになったねえ、どこまでもどこまでも一緒に行かう。僕はもうあのさそりのやうにほんたうにみんなの幸のためならば僕のからだなんか百ぺん灼いてもかまはない。」「うん。僕だってさうだ。」カムパネルラの眼にはきれいな涙がうかんでゐました。「けれどもほんたうのさいはひは一体何だらう。」ジョバンニが云ひました。「僕わからない。」カムパネルラがぼんやり云ひました。

おそらく賢治自身も、ほんとうの幸いがなんなのか、答えは出ていなかったのにちがいない。賢治の思い、迷い、模索のすべてがこの会話の言葉に凝縮されているといっても過言ではない。人生を明確に定義して、何が幸せなのかを理解している人などいないのではないか、と思う。まじめに思いつめて考える人ほど、わからなくなるものなのかもしれない。賢治のまじめさはだれにも劣らなかった。そして、ジョバンニはカムパネルラとの別れのときを迎える。

石炭袋

銀河鉄道の最後のシーン、カムパネルラとの別れの場面に賢治が採用した天体が石炭袋である。賢治は、それをカムパネルラに見つけさせ、ジョバンニに教えさせるという構図をとった。

「あ、あすこ石炭袋だよ。そらの孔だよ。」カムパネルラが少しそっちを避けるやうにしながら天の川のひとところを指さしました。ジョバンニはそっちを見てまるでぎくっとしてしまひました。天の川の一とこに大きなまっくらな孔がどほんとあいてゐるのです。その底がどれほど深いかその奥に何があるかいくら眼をこすってのぞいてもなんにも見えずたゞ眼がしんしんと痛むのでした。

石炭袋は日本からは見えない暗黒星雲である。南十字星のそば、天の川のなかにあるが、まるで石炭を運ぶ袋のように見えるために、この名前がついている。しばしば、はくちょう座の翼にある暗黒星雲も「北の石炭袋」の別名で呼ばれることがあるので、こちらは「南の石炭袋」ということもある。ただ北のものよりもやや大きく、東西七度に広がっており、なによりも知名度が高いため、通常は、こちらを単に「石炭袋」と呼ぶことが多い。実際には、ガスや塵が濃く集まっていて、背景の星々の光を遮っているために、真っ黒に見える。肉眼でもよく見え、インカでは現地の鳥に、オーストラリアのアボリジニはエミューの頭の部分に見立てている。

地球から石炭袋までの距離は、六百光年から八百光年ほどで、その奥にも別の星雲があって、全体としてひとつの暗黒星雲に見えている。全体で太陽三千五百個分のガスを含んでいると考えられているが、ガスの運動はきわめて静かで、密度が高い場所も少なく、中で星が生まれている兆候はない。暗黒星雲といえば星のゆりかごと思いがちだが、実際にはこのように星を生みだしていない暗黒星雲のほうが多い。石炭袋は、まだ星を生みだすまえ、比較的若い暗黒星雲なのかもしれない。

ただ、賢治がこうした知識をもっていなかった可能性もある。暗黒星雲の正体が、空のほんとうの穴だと思われていた時代も長く、真っ暗に見える理由がガスや塵によって背景の星の光が遮られているからだとわかってきたのは、ちょうど賢治が作品に着手した頃だったからである。勉強家ゆえに正体を知っていたとしても、わざと「孔」のままにしたのかもしれないが。

いずれにしろ、明るく輝く南十字星のかたわらにあり、天の川の一部にぽっかりと穴があいたように見える石炭袋が、きわめて不気味な雰囲気を醸しだしていることは確かだ。賢治は、この暗黒星雲を効果的に使っているといえるだろう。

そんな怖いくらいの天の「孔」を見て、しかしジョバンニは逆に奮いたつのだが、悲しい別れは容赦なくやってくる。そして天上に向かうカムパネルラに、賢治は最後に母親を見せるのである。

ジョバンニが云ひました。「僕もうあんな大きな暗の中だってこわくない。きっとみんなのほんたうのさいはいをさがしに行く。どこまでもどこまでも僕たち一諸に進んで行かう。」「あゝきっと行くよ。あゝ、あすこの野原はなんてきれいだらう。みんな集ってるねえ。あすこがほんたうの天上なんだ　あっあすこにゐるのぼくのお母さんだよ。」カムパネルラは俄かに窓の遠くに見えるきれいな野原を指して叫びました。

もちろん、ジョバンニには見えない。河岸の二本の電信柱が、ちょうど両方から腕を組んだように赤い腕木をつらねて立っているのが見えただけである。そして、ふり返ると、そこにはもうすでにカムパネルラがいなくなっていることを知るのである。

「カムパネルラ、僕たち一諸に行かうねえ。」ジョバンニが斯う云ひながらふりかへって見ましたらそのいままでカムパネルラの座ってゐた席にもうカムパネルラの形は見えずジョバンニはまるで鉄砲丸のやうに立ちあがりました。そして誰にも聞えないやうに窓の外へからだを乗り出して力いっぱいはげしく胸をうって叫びそれからもう咽喉いっぱい泣きだしました。

この感情の表出については、賢治が経験した妹の死や親友との別れなどを具体的なモデルとして直接結びつける説も多いが、それらが複雑に絡みあい、賢治のなかで文学として昇華したものだろう[*]。

そしてあたりは真っ暗になり、ジョバンニは物語のベースとなる現実世界へと帰っていく。

> ジョバンニは眼をひらきました。もとの丘の草の中につかれてねむってゐたのでした。胸は何だかおかしく熱(ほて)り頬にはつめたい涙がながれてゐました。
> ジョバンニはばねのやうにはね起きました。町はすっかりさっきの通りに下でたくさんの灯を綴(つづ)ってはゐましたがその光はなんだかさっきよりは熱(ママ)したといふ風でした。

これまでも指摘してきたように、賢治のかなりの作品の構造はきわめて似ている。物語が二階建てで、ベースとなる一階部分が、現実もしくは多少現実味を帯びた幻想世界で始まるのだが、起承転結の承あたり、あるいは転で二階、すなわち高次元の幻想世界へと読者を誘い、最後の結の部分でふたたびベースの一階に下りてくるパターンである。「銀河鉄道の夜」もこのパターンを踏襲していて、いじめられて走りのぼった丘の上で高次元の銀河鉄道に乗り、カムパネルラがいなくなった時点でベースの世界へ下りてくることになる。そして、そこからはいまさっきまでかたわらを走っていた天の川が頭上に見えている。

そしてたったいま夢であるいた天の川もやっぱりさっきの通りに白くぼんやりかゝりまっ黒な南の地平線の上では殊にけむったやうになってその右には蠍座の赤い星がうつくしくきらめき、そらぜんたいの位置はそんなに変ってもゐないやうでした。

注目すべきは、ここで賢治が二階部分、すなわち銀河鉄道という高次元の幻想世界が、「夢」であることを明示していることである。しかし、物語の説得力からか、しばしばある物語での夢落ちの軽薄さは微塵も感じられない。しかも日周運動によって、天の川や星座の位置がそれほど動いていないことをも示唆している。肉眼で眺めていても空の天体たちは、東から西へゆっくりと動いていくのがわかる。地球が自転しているせいだが、その動きはかなり速い。地上の事物との対比があれば、三十分も経過するとその動きは明確にわかるはずだ。日の出や日没のときに太陽の動きが意外に速いことを実感する人も多いだろう。夜空は一日でひと回りするので、一時間には角度で十五度も動く。三十分ならその半分で七・五度である。たいしたことはなさそうに思えるかもしれないが、じつはこれで満月の大きさの十五個分の見かけの距離を移動したことになる。満天の星が見えていた賢治の時代なら、日周運動による星座の位置の変化はよくわかったはずで、ジョバンニが実際に寝ていた時間はかなり短く設定されていたのだろう。

また、「銀河鉄道の夜」がはくちょう座から始まり、鷲の停車場を通過し、さそりの火をかたわらに見ながら南十字まで走ったことも、夢から覚めたときの表現と符合している。さそり座が見えているということは、天頂付近にははくちょう座があり、南の地平線に向けて天の川が流れ、そのかたわらにわし座も見えていることになる。ただ岩手からは、最終駅であるみなみじゅうじ座は地平線下に隠れていて見ることはできない。

私が、オーストラリアで眺めた夜空にははくちょう座から南十字まで連なる天の川がはっきりと見えた。銀河鉄道の走った天の川そのものだった。いて座付近の天の川の最も明るい部分、つまり銀河系の中心部分があまりに明るくて、空に向けた自分の手の手前に白い紙をかざすとその手の影ができるほどだった。北側の地平線にそそりたった北十字と、天高く上がった南十字までを結ぶ天の川はじつにみごとだった。賢治がそれを眺めることはなかったが、もしこの景色を眺めていたら、物語はどう変わったのだろうか、と想像をかき立てられる。

現実に戻ったジョバンニが真っ先に考えたのは「まだ夕ごはんをたべないで待ってゐる」母のことだ。カムパネルラが、いなくなる直前に母の姿を見たという伏線も張られている。そして牧場へ行き、母のための牛乳を受けとると、大通りへ出て、町中を歩いて帰る途中に、ジョバンニは悲しい現実を知らされることになる。

*「『銀河鉄道の夜』におけるカムパネルラと保阪嘉内」(大明敦　佛教大学大学院紀要　文学研究科篇　第39号　2011)

もうひとつの「銀河鉄道の夜」、すばるの謎

ここで改稿前の「銀河鉄道の夜」についてもう少し触れておきたい。

いるか座やくじら座が最終形になるまでのあいだの改稿で削除されていたことについては前述のとおりだが、そこに限らず賢治は原稿を何度も改稿しており、その過程はずいぶんと研究されてきた。初期形と呼ばれる第一次稿から三次稿までのバージョンでは、賢治

はジョバンニが夢から覚める直前に、ブルカニロ博士なる人物を登場させ、この物語についてのいくばくかの説明をさせている。いかにも奇妙な名前だが、これはイタリアのブルカノ火山、そして実在するブルカネーロ火山から来ているのではないかと、寺門和夫は『「銀河鉄道の夜」フィールド・ノート』(青土社)で、詳しく考察している。ブルカニロ博士は、この銀河鉄道のジョバンニの経験は、ある種の実験だと言う。その説明のなかで、博士は次のような話をする。そのなかに、重要な天体があらわれる。

「さあいゝか。だからおまへの実験はこのきれぎれの考のはじめから終りすべてにわたるやうでなければいけない。それがむづかしいことなのだ。けれどももちろんそのときだけのでもいゝのだ。あゝごらん、あすこにプレシオスが見える。おまへはあのプレシオスの鎖を解かなければならない。」

ここで登場するプレシオスとは、天文ファンなら容易にわかるかもしれないが、おうし座の散開星団M45である。プレアデス星団、和名すばる(昴)のことである。鎖とは何か、どうして解かなければならないのか。それについて吉田源治郎は『肉眼に見える星の研究』のなかで、旧約聖書「ヨブ記」の一節をもって解読を試みている。

「汝プレイアデス（昴宿）の鏈索を結び得るや／汝オリオン（参宿）の繋縄を解き得るや」（ヨブ記三十八章三十一節）という旧約聖書の表現が紹介されており、この部分は現代語版の旧約聖書では以下のように訳出されている。「あなたはプレアデスを鎖でつなぎ／オリオンの綱を解くことができるか」（聖書協会共同訳）。

このことからも賢治が聖書に着想を得たことは明らかである。

そしてなにより吉田源治郎が、内村鑑三の門下でキリスト教を学んだ牧師であったことは大きい。そのため、当時の天文学の最新知見の解説に加えて、神話や聖書も引用しながら北十字と南十字の解説にも字数を費している。「天に十字架が二つあります。一つは、北天の白鳥座（中略）、今一つは（中略）南天の極近くに、美しく輝く『南の十字架』座であります」。

「銀河鉄道の夜」が北十字から南十字への旅であること、讃美歌が歌われることなど、賢治の代表作へのこの本の影響の大きさは計り知れないのである。

賢治は、この有名なプレアデス星団をどうしても入れたかったのかもしれない。ただ、おうし座は冬の星座なので基本的に夏の天の川沿いにはない。そのため、謎解きのような状況で登場させざるをえなかったのかもしれない。この星団は日本の自動車メーカーの名前になるほど有名であり、枕草子でも「星はすばる、ひこぼし……」と書かれるほどである。冬の星空を見上げると、だれもが目にとめる星の集合である。

また、同じおうし座には、もうひとつ有名な散開星団がある。一等星アルデバランが居座る、ヒアデス星団である（ただし、アルデバラン自身は星団のメンバーではない）。こちらは、プレアデス星団に比べて地球に近く、さらに年齢も古いために散らばり度合いが大きい。見た目にも広がりのちがいは歴然である。プレアデス星団のほうが小さくまとまっているのを見れば、まるで鎖でつながれた星たちという解釈もできる。この鎖については、旧約聖書の意味も含めて、解釈はさまざまではあるが、きわめて有名な天体を、賢治は最終稿では削除してしまった。もちろん、その理由についても諸説あるものの、ほんとうのところは本人にしかわからない。

さらに、この第三次稿バージョンでは、銀河鉄道が石炭袋を過ぎ、カムパネルラが消えてしまったあと、もうひとつ重要な天体を登場させている。これも日本からは見えない南天の代表的な天体、マゼラン星雲だ。登場するのは一瞬だが、ジョバンニの重要な心境の変化に重ねて描かれている。カムパネルラが消えて絶望するジョバンニにブルカニロ博士が説くシーンから見てみよう。


「おまへのともだちがどこかへ行ったのだらう。あのひとはね、ほんたうにこんや遠くへ行ったのだ。おまへはもうカムパネルラをさがしてもむだだ。」
「ああ、どうしてなんですか。ぼくはカムパネルラといっしょにまっすぐに行かうと云ったんです。」
「あゝ、さうだ。みんながさう考へる。けれどもいっしょに行けない。そしてみんながカムパネルラだ。（後略）」

まずはいっしょに行けない、という事実を告げる。そして、

「（前略）だからやっぱりおまへはさっき考へたやうにあらゆるひとのいちばんの幸福をさがしみんなと一しょに早くそこに行くがいゝ、そこでばかりおまへはほんたうにカムパネルラといつまでもいっしょに行けるのだ。」

と、禅問答のような形でジョバンニに努力を求める。

「あゝ、わたくしもそれをもとめてゐる。おまへはおまへの切符をしっかりもっておいで。そして一しんに勉強しなけぁいけない。（後略）」

そうしてプレシオスの鎖があらわれ、その直後にマゼラン星雲が登場する。

そのときまっくらな地平線の向ふから青じろいのろしがまるでひるまのやうにうちあげられ汽車の中はすっかり明るくなりました。そしてのろしは高くそらにかゝって光りつゞけました。「あゝマジェランの星雲だ。さあもうきっと僕は僕のために、僕のお母さんのために、カムパネルラのためにみんなのためにほんたうのほんたうの幸福をさがすぞ。」ジョバンニは唇を噛んでそのマジェランの星雲をのぞんで立ちました。そのいちばん幸福なそのひとのために!

ジョバンニの失望は博士の言葉で輝かしい希望に変わる。底なしの暗さでジョバンニに不安を抱かせた石炭袋とは対照的である。博士は、その決意をさらに鼓舞する。

「さあ、切符をしっかり持っておいで。お前はもう夢の鉄道の中でなしに本統の世界の火やはげしい波の中を大股にまっすぐに歩いて行かなければいけない。天の川のなかでたった一つのほんたうのその切符を決しておまへはなくしていけない。」

賢治はジョバンニの心境が絶望から希望へと移り変わっていくようすを、真っ暗な天の「孔」である石炭袋と、それを超えたところに見えてきた輝く青白いのろしであるマゼラン星雲を用いて表現しているのだ。

南半球で星空を見上げると、濃い天の川から離れて、まるで天の川の切れ端のようなふたつの白い雲が浮かんでいるのが見える。かじき座からテーブルさん座にかけての雲が、やや大きく見えるので大マゼラン雲、きょしちょう座に位置するほうを小マゼラン雲と呼ぶ。見かけの大きさは前者が約十度、後者でも約五度もある。それぞれ満月の大きさの二十倍と十倍になる。どちらも星の集合である銀河なので、いまはマゼラン銀河と呼ばれることも多い。肉眼でも見えるために、ポリネシアでは航海の目印として古くから知られていた。ヨーロッパで知られるようになったのは大航海時代からで、とくにフェルディナンド・マゼランによる世界一周航海でこの銀河を目印にしたことが記録されているため、その名前で呼ばれるようになった。

天文学的には、ふたつの天体はどちらも、われわれの銀河系に比べると百分の一ほどの質量しかない小さな銀河だ。大マゼラン雲は十六万光年、小マゼラン雲は二十万光年ほどの距離にあり、銀河系を周回しているお伴(とも)の銀河なので、伴銀河(ばんぎんが)といわれることもある。

また水素ガスの薄い雲が、ふたつの銀河から彗星の尾のように伸びており、マゼラン雲流（マゼラニック・ストリーム）と呼ばれ、銀河系をぐるぐると公転している証拠と考えられたが、最近ではかなり遠くから銀河系にたまたま近づいたものではないか、という説もある。賢治の原稿では大小の区別をしていない。だいじなのは石炭袋とマゼラン雲の陰陽、あるいは明暗のコントラストである。この天体がプレシオスとともに最終形では削除されてしまったことは、天文学者としてはいささか残念である。

カムパネルラとの別れ

最終形のストーリーへと戻ろう。

カムパネルラを失った悲しみで、涙を流しながら目を覚ましたジョバンニに、賢治が真っ先に考えさせたのが「まだ夕ごはんをたべないで待ってゐるお母さんのこと」だ。それは「胸いっぱいに思ひだされた」とあり、ジョバンニは丘から駆けおりていく。ジョバンニが幻想空間に旅立ったのは、母のために牛乳を受けとりにいったもののそれがもらえず、町でザネリらに出会って冷たい言葉をかけられたことがきっかけだった。目覚めたジョバンニが用事を思いだすのは当然なのだが、ふり返ってみると、賢治が直前に伏線を張っていたことがわかる。それは石炭袋を通りすぎて、ジョバンニがどこまでもいっしょに行こう、と語りかけたのに対するカムパネルラの返事である。

「あゝきっと行くよ。あゝ、あすこの野原はなんてきれいだらう。みんな集ってるねえ。あすこがほんたうの天上なんだ　あっあすこにゐるのぼくのお母さんだよ。」

ただ、ジョバンニには野原も、そこに集まっているというみんなも、カムパネルラの母の姿も見えない。

ジョバンニもそっちを見ましたけれどもそこはぼんやり白くけむってゐるばかりどうしてもカムパネルラが云ったやうに思はれませんでした。

「みんな集ってる」という情景も伏線となっている。牛乳を受けとったあとジョバンニは、ただならぬ雰囲気で集まっている人たちに遭遇するのである。

ところがその十字になった町かどや店の前に女たちが七八人ぐらゐづつ集って橋

の方を見ながら何かひそひそ談してゐるのです。それから橋の上にもいろいろなあかりがいっぱいなのでした。

ジョバンニはなぜかさあっと胸が冷たくなったやうに思ひました。

その事情は次第に明らかになる。銀河鉄道でさっきまでいっしょに旅をしていたカムパネルラその人が、ほかの人を救おうとして川に落ちて行方不明になっているのだ。

ジョバンニはまるで夢中で橋の方へ走りました。橋の上は人でいっぱいで河が見えませんでした。白い服を着た巡査も出てゐました。

（中略）

「ジョバンニ、カムパネルラが川へはいったよ。」「どうして、いつ。」「ザネリがね、舟の上から烏うりのあかりを水の流れる方へ押してやらうとしたんだ。そのとき舟がゆれたもんだから水へ落っこったらう。するとカムパネルラがすぐ飛びこんだんだ。そしてザネリを舟の方へ押してよこした。ザネリはカトウにつかまった。けれどもあとカムパネルラが見えないんだ。」「みんな探してるんだらう。」「あゝすぐみんな来た。カムパネルラのお父さんも来た。けれども見附からないんだ。

ザネリはうちへ連れられてった。」

捜索のためアセチレンランプがたかれ、人びとがせわしく行き来しているのは現実の川である。それを賢治は「黒い川」と表現している。賢治は意識したかどうかわからないが、天上に輝く白い天の川と、じつに対照的な表現だ。そして、そのふたつの川を合流させているのだ。

下流の方は川はゞ一ぱい銀河が巨きく写ってまるで水のないそのまゝのそらのやうに見えました。
ジョバンニはそのカムパネルラはもうあの銀河のはづれにしかゐないといふやうな気がしてしかたなかったのです。

現実世界の悲しみ

しかし、どこかでこれは何かのまちがいではないか、悪い夢を見ているのではないか、何か奇跡が起こってほしいと思うような気持ちを賢治はしっかりと描いている。

けれどもみんなはまだ、どこかの波の間から、
「ぼくずゐぶん泳いだぞ。」と云ひながらカムパネルラが出て来るか或ひはカムパネルラがどこかの人の知らない洲にでも着いて立ってゐて誰かの来るのを待ってゐるかといふやうな気がして仕方ないらしいのでした。

これは近しい人を失っただれもが経験することだろう。それがたとえ目の前に突きつけられた現実でも、死を宣言されたあとでも、あるいは葬儀がすべて終わってからでさえ、そう感じることがあるにちがいない。

私事になるが、私は数年前、娘を失った。まだその傷は癒えていない。家で何か物音がすると、あぁもしかして娘ではないか、などとありえないことを思ったりするのである。賢治は妹トシを亡くして、その喪失感が大きかったことは前に述べたとおりである。そのような喪失感や深い悲しみからわき出てくる感情を賢治はよく理解しているのだ。

しかし、いっぽうで、カムパネルラの父が厳然と現実に立ち向かおうとしている姿も描いている。

けれども俄かにカムパネルラのお父さんがきっぱり云ひました。
「もう駄目です。落ちてから四十五分たちましたから。」

ジョバンニは思わずカムパネルラの父に駆けよって、自分が経験したことの一部始終を伝えようとする。だが、そこで賢治は銀河鉄道にカムパネルラとともに乗っていたことをジョバンニに語らせない。ただ声にならないようすを描くのみにとどめている。

ぼくはカムパネルラの行った方を知ってゐますぼくはカムパネルラといっしょに歩いてゐたのですと云はうとしましたがもうのどがつまって何とも云へませんでした。

カムパネルラの父はジョバンニがあいさつでもしに来たのかと思い、丁寧にお礼を述べる。ジョバンニはただおじぎをするだけだった。そして、カムパネルラの父は、ジョバンニの父のことを話題にする。

「あなたのお父さんはもう帰ってゐますか。」博士は堅く時計を握ったまゝまたきゝました。
「いゝえ。」ジョバンニはかすかに頭をふりました。
「どうしたのかなあ、ぼくには一昨日大へん元気な便りがあったんだが。今日あたりもう着くころなんだが。船が遅れたんだな。ジョバンニさん。あした放課后みなさんとうちへ遊びに来てくださいね。」

ジョバンニへの精いっぱいの言葉、そして息子であるカムパネルラの友人たちを気遣う気持ちのあらわれではあるが、自らの心を押し殺していることは、時計を固く握りしめている描写に表現されている。そして最後に、その目はふたたび川に注がれる。時間的にはもうだめだ、と周りには断言しつつ、自分の息子が見つかることに一縷（いちる）の望みを託すように。その視線の先にあるのは天の川を映しだす川下であった。

さう云ひながら博士はまた川下の銀河のいっぱいにうつった方へじっと眼を送りました。

そして作品の最後の文章には、いささか考えさせられる深い意味がこめられている。

ジョバンニはもういろいろなことで胸がいっぱいでなんにも云へずに博士の前をはなれて早くお母さんに牛乳を持って行ってお父さんの帰ることを知らせやうと思ふともう一目散に河原を街の方へ走りました。

ジョバンニの父から帰って来るという便りをもらったと言うカムパネルラの父に対し、カムパネルラといっしょに鉄道に乗っていたことを言えず、心にしまいこんだジョバンニ。そしてその知らせを、届いていなかった牛乳とともに早く母に届けようとするジョバンニの姿で物語は締めくくられている。

賢治は、カムパネルラとのことをその父に言えなかったジョバンニの後悔の念よりも、父が帰るという喜びや嬉しさのほうをわずかながらよけいに行間に忍びこませている。またカムパネルラの父の言葉をきっかけに、ジョバンニに自分の父母のことを思いださせ、カムパネルラを失った悲しみよりも、ジョバンニ自身の期待を優先させた終わり方にしたとも解釈できる。ある意味で、賢治自身にとって「父」という存在が、それだけ大きかったという事実が、この最後の文章にあらわれているともいえる。

賢治の父は厳格であるいっぽう、賢治に深い愛情を注ぎつづけていた。厳格さはときに子どもがおとなになる過程で衝突を引きおこす。賢治の場合は、日蓮系の国柱会に入信し、父と宗教論争となって、家を飛びだしてしまった。妹トシの病気をきっかけに花巻に戻ってからは、論争こそしなくなったものの、世間から見れば穀潰しとして、実家の世話になっている。そのようすは、フィクションではあるものの、第一五八回の直木賞を受賞したことで話題となり、映画化もされた『銀河鉄道の父』（門井慶喜 講談社）にも描かれている。長男にもかかわらず店を継ぐことができなかっただけでなく、病弱で、仕事にも就かずに過ごしていた時期もあったことなどから、父に対しては、ずっと負い目を感じていたことは確かだろう。

そして、妹トシと同じ運命をたどることを予感し、ずっと自分を支援しつづけてくれた父よりも先に逝ってしまうことに対して、申し訳ないとも思っていたにちがいない。「銀河鉄道の夜」の最終部分は、おそらく闘病生活中に改稿したと思われる。賢治の父への複雑な思いが、この最後のシーンにもあらわれているといってよい。

ジョバンニには母がいる。そして、遠くに行って不在ながらも、父がいる。その父親が帰ってくる。そういう意味で、ジョバンニに明るい近未来を想像させる締めくくりになっている。第三次稿以前では、最終部分にブルカニロ博士が登場し、「ほんとうの幸い」についてジョバンニと会話するところがあるが、私はどちらかというと最終形の終わり方が好きである。「ほんとうの幸い」のあり方について、くどくどと説明などしてほしくないからだ。むしろ物語としては、このくらいの余韻があったほうが好ましい。ジョバンニがこれから、どんな「ほんとうの幸い」を探していくのか。その人生にカムパネルラとの交友、そして銀河鉄道での経験がどのように生かされていくのか。そんなことを考えさせるところに、この物語が人びとを惹きつける鍵のひとつがあるのだと思う。

ただ、物語は必ず終わる。同様に、それを生みだした賢治も、その人生を終え、その魂は宇宙へ羽ばたこうとしていた。

賢治、宇宙へ

賢治が宇宙へ旅立ったのは、一九三三(昭和八)年九月二十一日のことだった。東北砕石工場の技師として東奔西走し、一九三一(昭和六)年に上京した際に体調を崩してしまった賢治は、父の手配でなんとか花巻に帰ってきたが、そのまま実家で寝込んでいた。病状は一進一退をくり返し、それでも訪ねてきた人には調子がよければきちんと応対しながら、その年を越え、翌一九三二(昭和七)年もなんとか過ごすことができた。このあいだにも書きかけの原稿の改稿は重ねていた。来客も少なくなかったようで、文学や哲学、宗教について長時間語りあうことも多かったようだ。来訪した人たちは口々に賢治のことをほめたたえ、同年の岩手日報には「病める修羅／宮沢賢治氏を訪ねて」なる文章も掲載されている。これは同郷の母木光[*1]によるものだ。

一九三三年になっても、比較的体調のよいときには東北砕石工場からの相談に応じたり、来客の対応をしていた。とくに亡くなる前日九月二十日のエピソードは有名である。体調がよくないところに、急な冷えこみから急性肺炎を起こしていたにもかかわらず、肥料の相談に来た農家の人に対して、衣服を着替えたうえで、正座して対応したという。その夜、弟、清六に原稿を託して、自らの旅立ちの準備を整えた形になった。そして翌二十一日のお昼頃、突然、「南無妙法蓮華経」と病人とは思えないほどの大声で唱えはじめたという。父、政次郎は悟ったのだろう、何か言い残すことはないか、と遺言を尋ねると、『国訳妙法蓮華経』を千部つくって配ってくれ、と頼んで息を引きとった。こうして賢治の魂はほんとうに宇宙へと旅立つことになった。享年三十七であった。

賢治が旅立つ二か月ほどまえの七月、とても不思議な事件があった。高等農林学校時代の同人誌「アザリア」の同人だった河本義行が、鳥取の海岸で亡くなった。その状況が

「銀河鉄道の夜」のシーンとよく似ていたのである。

河本は鳥取県東伯郡社村（現、倉吉市）の旧家生まれで、盛岡高等農林学校に進み、賢治や保阪嘉内らといっしょになった。卒業後は兵役に就き、その後、長野の伊北農商学校の教師を経て、故郷の倉吉農学校に勤めながら、河本緑石という名前で、やはり自らの詩集を出したりしていた。この学校では毎年夏に、皆で水泳訓練を行うのが慣例だったようだが、同僚が沖合で溺れかけているのを見つけた河本は、すぐさま海に飛びこんで救助に向かった。結果的に同僚は助かったのだが、河本本人はそれを見届けると同時に息を引きとってしまったという。直接の死因は心臓発作ともいわれている。

賢治の死のたった二か月まえのことゆえ、「銀河鉄道の夜」との関係についても考察がなされているが[*2]、賢治がこの事件を生前に知ったかどうか、知ったとしてもそれが最後の二か月で原稿に生かされたかどうかは定かではない。むしろ、知らなかった可能性のほうが高いだろう。「銀河鉄道の夜」は、あくまで賢治のそれまでのさまざまな経験の蓄積から生まれたもので、どれかひとつによるものではない。カムパネルラのモデルとしての妹トシや保阪嘉内、あるいは盛岡中学に賢治が入学してまもなく親交をもちながら、十六歳で夭折した藤原健次郎[*3]、また実際に一九〇四（明治三十七）年にまだ小学生だった賢治が目撃した豊沢川での少年たちの水死事故の影響もあっただろう。

賢治は自らが描いたような形で旅立った河本義行とは宇宙で出会ったにちがいない。そして河本と「なんだおまえ、俺の書いた作品のラストシーンのような死に方だったのだな」などと語りあったかもしれない。

＊1 本名は藤本光孝。出版社勤務の傍ら小説・童話を発表し、芥川賞候補となった人物。

＊2 たとえば「『銀河鉄道の夜』の水死と改稿の研究――河本緑石の死の影響について」藤田なお子 梅花児童文学 第25号 25-38ページ 2017、「宮沢賢治『銀河鉄道の夜』の一考察――河本義行（緑石）の死が触発したもの」（畠山兆子 梅花児童文学 第25号 39-52ページ 2017）。

＊3 たとえば『新考察「銀河鉄道の夜」誕生の舞台――物語の舞台が矢巾・南昌山である二十考察――賢治が愛した南昌山と親友藤原健次郎〈宮沢賢治没後八十年記念出版〉』（松本隆 みちのく文庫）。

旅の終わりに——あとがきにかえて

賢治を意識しだしたのは中学生の頃だったかと思う。最初は「銀河鉄道の夜」にあらわれる星座や天文学的な知見になんとなく面白さを感じていただけだったのだが、その後、物語そのものに惹かれていった。大学受験、そして大学、大学院生時代とそれぞれの時期にしばしば手にとって読みかえした。読むたびに新たな発見があり、新鮮さを感じて、賢治作品の奥深さを認識するようになった。そうして賢治の人となりや、その人生を知りたくなっていったのである。そんな頃、ＮＨＫの宇宙を専門としたテレビ番組「コズミックフロント」が始まり、内容監修とともに、番組と連携したウェブサイトを立ちあげるので何か連載をしてほしい、と言われた。担当者が最新の天文学の紹介を意図していたのなら、忙しいので断ろうと思っていた。ところが、宮沢賢治と宇宙についてだというのである。私はここぞとばかり、賢治の作品群を読みときながら、彼の人生を紐といていくエッセイにしたいとわがままを言った覚えがある。担当者は、そのわがままを快く許してくれた。こうして始まったのが、「星空紀行～銀河鉄道の夜汽車に乗って～」であった。番組が長寿となったのに伴って、この連載も、賢治の人生をカバーできるほど長く続けさせてもらえたのは幸いだった。

この連載を終えるまえに、どうしてもやっておきたいことがあって、北へ向かう新幹線に乗りこんだのは、冬の足音が近づく二〇二〇年十一月のある週末のことだった。まず北上駅で降りて、レンタカーを借りて種山ヶ原に向かった。賢治がしばしば訪ねては、さまざまな作品のモチーフに用いた場所である。しかし、標高はそれほどではないのだが、折しも真冬並みの気圧配置がもたらした積雪のため、残念ながら頂上には行けそうになかった。しかたなく、近くの五輪峠へ向かい、賢治の足跡の一部をたどった。五輪峠は「銀河鉄道の夜」のなかの天気輪の柱のモデルという説もあるところで、花巻から種山ヶ原へ向かう途中にある。賢治は、この五輪峠を詩歌にも残しており、彼にとって印象に残ったところのひとつだったのだろう。雪雲から、わずかに晴れ間がのぞき、峠付近からは遠くに北上平野の町並みが見えた。賢治も、この景色をふり返って眺めたのだろう、と思った。賢治の見たであろう風景を自分が見ている、と思うと嬉しくなった。

その後、山を下りて花巻へと向かった。すでに日も暮れはじめていたので、そのまま花巻市内を通り越して、鄙(ひな)びた温泉に投宿し、賢治も浸かったかもしれぬ湯で冷えた体を温めた。翌朝、宿をあとにして花巻の町へ向かった。市内には賢治ゆかりの場所が数多くあるが、まず真っ先に訪ねたのは身照寺であった。

賢治が旅立った一九三三（昭和八）年九月、父、政次郎の手配で盛大に葬儀が行われ、会葬者は二千人を数えたという。本書でも紹介したように、父は浄土真宗の熱心な信者であり、檀家総代を務めたこともあって、宮沢家のもともとの菩提寺は安浄寺であった。しかし、政次郎は、賢治の希望を叶えたいと改宗を決意し、一九五一（昭和二十六）年になって、菩提寺を同じ市内の日蓮宗の寺である身照寺に変えたのである。毎年、賢治の命日である九月二十一日には、墓前供養会が開かれ、多くの賢治ファンがやってくるという。時節はずれで人も少なかったため、静かに賢治の眠る墓（実際には宮沢家先祖代々の合葬墓）にお線香を供え、静かに手を合わせた。その隣には、賢治の供養塔として建てられた五輪塔があるが、これも父、政次郎の意図を汲んでのことらしい。菩提寺を変えることは当時だとかなり難しいことだったはずだ。子を失った父の悲しみと、なんとか希望を叶えてやりたいという気持ちは、私事ながら娘を亡くした私には痛いほどよくわかる。

ふり返ると、この連載開始からはすでに九年の月日が経過していた。いつも、賢治はどう思っていたのか、と賢治の心に寄り添いながら、これらの原稿を書いてきた。ときに嬉しく、ときに悲しく、さまざまな変遷を経たであろう賢治の心のありようを、私なりにたどらせていただいたつもりである。賢治の残した作品の宇宙や星空に関する記述をたどり、そこから賢治という人物をたどる思索の旅。天文学者としてのやや偏った見方もあったかもしれないが、それでも賢治の心を、そしてその作品群を九年かけて読みとき、たどることができたことは、この上もない楽しい旅路であった。

いずれにしろ、私にそんな心の旅をさせてくれた賢治の御仏に手を合わせ、お礼を言うこと。それが連載を終えるまえにどうしても実現しておきたいことで、連載中から心に秘めたやるべきことのひとつであった。念願が叶い、これで連載の筆をおくのに心残りは何もなくなったなぁ、と思ったものである。その後、彼が独立しようとした羅須地人協会のあった場所、下根子へ向かい、「下ノ畑」で大きく深呼吸をしながら、風の匂いを嗅ぎ、賢治を思った。建物があったあたりの森を眺めると、冬の装いへと変えつつある木立から時折、木の葉が風に吹かれて落ちていった。

ＮＨＫ出版の編集者、猪狩暢子さんから声をかけられたのは、この連載の途中だったかと思う。話をしてみると、福島県いわき市の出身だという。私が初めて賢治の作品に触れたのは中学生の頃だったが、その一時期、同じいわき市に住んでいたことがあり、自転車であちこち走りまわっていた。猪狩さんのご実家のあるあたりも私のサイクリング・フィールドだった。ちなみに賢治作品を認め、手紙を通じて交流を深めた詩人、草野心平もいわき市縁の人で、その記念文学館も市内にある。そんなこともあって、なぜかこの連載を本にしてもらうなら猪狩さんしかいないと思った。その後、猪狩さんも忙しく、なかなか順番が回ってこなかったのだが、辛抱強く待った甲斐もあって、こうして単行本化され、多くの賢治ファンの方々にお届けできることになった。本書で、読者の皆さんがひとき、星めぐりの夜汽車に乗り、彼に会いにいくことができたと感じていただければ、筆者として、こんなに嬉しいことはない。

連載中の九年間、辛抱強く原稿を待って、さまざまな工夫をして掲載してくださったNHK「コズミック フロント」の関係者の皆さま、とくにこのエッセイを企画し、八年の長きにわたり担当してくださった豊田宏さん、それを引き継いでご担当くださった高山英男さん、柳瀬真保さん、石戸功一さん、そして読みつづけてくださった読者の皆さま、さらに時々に的確なアドバイスをくださった賢治研究の先達、加倉井厚夫さんには深く感謝を申し上げたい。また、同じく天文学の立場から賢治についてともに語らせていただき、共著も出版させていただいた谷口義明さん、畑英利さんにも心より感謝申し上げたい。最後に、本書の制作にあたり、装幀に携わったデザイナーの坂川朱音さん、イラストレーターの花松あゆみさん、本文組版の佐藤裕久さん、膨大な資料収集、照合にあたってくれた校正の髙橋由衣さん、皆さんのお力によって書籍という形になったことに深くお礼を申し上げたい。そして、この内容にいち早く注目して、本書に仕立てあげてくれたNHK出版の猪狩暢子さんには改めて感謝申し上げる次第である。

二〇二三年七月

渡部潤一

＊本書は、NHK「コズミック フロント」ホームページに連載（二〇一二-二一年）した「星空紀行～銀河鉄道の夜汽車に乗って～」を大幅に加筆修正し、単行本化したものです。

著　者　渡部潤一（わたなべ じゅんいち）

　天文学者、理学博士。東京大学、東京大学大学院を経て、東京大学東京天文台に入台。ハワイ大学研究員となり、すばる望遠鏡建設推進の一翼を担う。2006年に国際天文学連合の惑星定義委員として準惑星という新しいカテゴリーを誕生させ、冥王星をその座に据えるなど世界的に活躍。自然科学研究機構国立天文台副台長を経て、現在は、同天文台上席教授。総合研究大学院大学教授。国際天文学連合副会長。1960年福島県生まれ。日本文藝家協会会員。
　著書、共著書に『星空の散歩道』(教育評論社)、『親子で楽しむ星空の教科書』(講談社)、『天文学者とめぐる宮沢賢治の宇宙』(丸善出版)、『古代文明と星空の謎』(ちくまプリマー新書)、『第二の地球が見つかる日』(朝日新書)、『面白いほど宇宙がわかる15の言の葉』(小学館101新書)、監修に『宇宙一わかる、宇宙のはなし』(KADOKAWA)、『美しすぎる星たち　見る、知る、撮るの星座の教科書』(宝島社)、『眠れなくなるほど面白い 図解 宇宙の話』(日本文芸社)など多数。

校正　　　髙橋由衣
本文組版　佐藤裕久

賢治と「星」を見る
2023年8月25日　第1刷発行
2024年1月25日　第5刷発行

著　者　渡部潤一
　　　　©2023 Watanabe Junichi
発行者　松本浩司
発行所　NHK出版
　　　　〒150-0042
　　　　東京都渋谷区宇田川町10-3
　　　　電　話　0570-009-321（問い合わせ）
　　　　　　　　0570-000-321（注文）
　　　　ホームページ　https://www.nhk-book.co.jp
印　刷　三秀舎／大熊整美堂
製　本　二葉製本

Printed in Japan
ISBN978-4-14-081944-9　C0095